네
마음에
새겨진
이름

네 마음에 새겨진 이름

刻 在 你 心 底 的 名 字

Di Fer 장편소설 | 조은 옮김

문학동네

차례

그 시절 나는 머리 위로 날아가는 학의 날개를 빌려 저 넓고 깊은 대양의 건너편까지 얼마나 날아가고 싶었는지 모른다네. 그리고 무한한 절대자의 거품 이는 술잔으로 넘쳐나는 생명의 환희를 얼마나 들이켜고 싶어했는지 아는가. 만물을 자신 안에서, 그리고 자신을 통해서 창조해내는 성스러운 분의 축복을 한 방울이라도 맛보기를 내 미약한 가슴으로 얼마나 바랐는지 아는가.

—『젊은 베르테르의 슬픔』* 중에서

* 요한 볼프강 폰 괴테, 안장혁 옮김, 문학동네, 2010, 79쪽.

일러두기

1. 주석은 모두 옮긴이주다.
2. 인명과 지명은 국립국어원 외래어표기법에 따라 중국어 발음으로 표기하였으나 일부 인명은 독자들의 친숙함을 고려해 한자음 그대로 표기했다.
3. 본문 중 세명조체는 원서에서 궁서체로 강조한 부분이다.
4. 장편소설과 기타 단행본은 『 』, 연속간행물, 영화명, 곡명 등은 〈 〉로 구분했다.

Profiter du moment

스크린 속 남자의 희끗희끗한 머리를 보며 아한은 형언할 수 없는 그리움과 깊은 슬픔에 젖어들었다.

어느새 30년이 흘렀구나.

그때는 온 세상이 와르르 무너지는 줄 알았는데. 지금은 덤덤히 돌아볼 수 있는 지난 추억이 되었다.

그게 아한의 첫사랑이었다.

스크린 속 남자가 푸른 눈으로 카메라 렌즈를 똑바로 바라보며 쇠약해진 목소리로 외쳤다. "프로피테 뒤 모망Profiter du moment!"*

스크린 앞의 모두가 술잔을 높이 들고 따라 외쳤다. "프로피테 뒤 모망!"

"지금 이 순간을 살자! 하고픈 것 뭐든 다 하자고!" 190센티미터의 장신 다바가 벌떡 일어나 통통한 아랫배를 쑥 내밀며 목청껏 소리쳤다.

스크린에 나타난 얼굴은 30년 전과 똑같이 부드러운 미소를 머금고 있었다. 파란 두 눈이 제자들에게 이렇게 말하는 듯했다. "고백하고 싶으면 얼른 가서 고백해! 너희들 나이에 못할 일이 뭐가 있어? 나중에 후회한다."

머리가 반쯤 벗어진 라오페이가 과장스럽게 한숨을 쉬며 큰 소리로 말했다. "고개를 숙여도 내 거시기가 안 보여. 이제 그럴 수가 없다!"

이 말을 듣기라도 한 것처럼 스크린 속 남자가 껄껄 웃기 시작했다.

남자의 뒤에서 손이 불쑥 나타나더니 그가 탄 휠체어를 밀고 집안을 천천히 돌기 시작했다. 남자는 은퇴하고 고향에 돌아온 뒤로 어떻게 지내고 있는지 찬찬히 소개했다.

"올리버 신부님!" 영상을 촬영하는 이가 부르자 은발이 성성

* 프랑스어로 '순간을 즐겨라'.

한 남자가 그쪽을 돌아보며 빙그레 웃었다.

화면이 멈추고 아래쪽에 자막이 떠올랐다. '1941~2019'.

다바가 술잔을 내려놓고 안타까운 얼굴로 말했다. "5년 전에 캐나다 옐로나이프에 오로라를 보러 갔거든. 간 김에 신부님을 찾아뵙고 은퇴 생활하시는 모습을 찍었어. 1, 2년 사이에 다시 한 번 찾아뵈려 했는데, 이번 동창회를 앞두고 연락드리려는 참에 돌아가셨다는 소식을 들었지. 이번에도 한말씀 듣고 싶었는데 말이야. 마음이 좀 그렇다."

중년 남자들은 얼마간 잠잠히 있다가 다시 이런저런 이야기를 나누기 시작했다. 지나간 청춘을 아쉬워하는 마음은 순식간에 날려버린 듯, 아니 애써 외면하려는 듯.

아한만이 스크린에 떠 있는 온화한 얼굴을 멍하니 바라보며 오래전, 금발이 덥수룩한 올리버 신부가 맞은편에 앉아 담배를 꾹꾹 말던 모습을 떠올렸다.

신부님, 저…… 진짜로 다 털어놔도 돼요?

그럼. 신부가 왜 신부겠니?

올리버 신부는 아한의 비밀을 알고 있었다.

고등학교를 졸업한 뒤로 관악부 동창회가 벌써 여러 차례 열렸지만 아한은 한번도 참석하지 않았다. 올리버 신부님이 돌아가셨다는 소식을 듣지 않았다면 이번에도 나타나지 않았을 것이다.

동창들을 보고 있자니 그 시절을 떠올리지 않을 수가 없었다. 그날들은 조금도 퇴색하지 않은 채 아한의 마음에 여전히 선명하게 남아 있었다.

누군가 주소록을 돌리면서 업데이트하기 편하게 모바일 메신저 아이디도 남기라고 했다.

아한에게 다가온 다바가 술잔을 들고 싱글거리며 말했다. "이제야 그때 관악부가 다 모였네. 아한 이 자식! 졸업하고 코빼기도 안 비치기냐!"

솨이지가 맞장구쳤다. "아한은 문과로 간 다음부터 우리하고 안 놀았잖아. 아주 그냥 베일에 싸여서는 8반에 버디인지 뭔지 하는 놈하고만 죽어라 붙어다녔지! 하, 무슨 조직인 줄 알았다."

그 이름을 듣는 순간 아한은 마음이 쿵 내려앉았다.

"둘이 아주 좋아 죽었지? 그 녀석은? 오늘 왜 같이 안 왔어?" 누군가 물었다.

아한은 어색하게 웃으며 재빨리 주위를 훑어보았다.

없다. 그 녀석은 오지 않았다.

아한은 문 쪽을 잠시 보고 있다가 눈길을 거두며 덤덤히 말했다. "연락 안 한 지 한참이야."

얼마나 됐더라?

한 30년 됐군.

하지만 신문이나 잡지에서, 또 우연히 엮인 공통의 친구들로부터 간간이 버디의 소식을 듣고 있었다.

관악부 동창들은 사실 버디에게 별 관심이 없었다. 금세 다른 얘기를 꺼냈다. "너는? 잘 지내냐? 뭐 하느라 그리 바쁜데?"

"시나리오 좀 쓰느라고." 옅은 미소를 지으며 아한이 대답했다.

"와, 너 감독이구나? 네가 영화를 찍을 줄이야. 개봉하면 초대권 주기다!" 누군가 신나게 소리쳤다.

"네가 통째로 대관해도 모자랄 판에? 공짜 표를 탐내?" 또다른 녀석이 웃으며 말했다.

몇몇이 모여 왁자지껄하더니 마침내 아한이 가장 듣고 싶지 않은 질문을 했다.

"부인은? 같이 안 온 거야?"

"아…… 좀 바빠서." 아한은 대충 둘러댔다.

"부인은 뭐 하는데?" 벌써 혀가 꼬인 녀석이 술냄새를 풀풀 풍기며 물었다.

"작가야. 지금 마감하느라고." 아한이 무심하게 말했다.

"애는 없냐?" 이어지는 질문은 뻔했다.

졸업하면 결혼은 언제 할 거냐, 결혼하면 아이는 언제 낳을 거냐, 하나 낳고 나면 둘째는 언제 가질 거냐…… 아이는 어느 학교야? 몇 살이야? 사귀는 사람 있대? 결혼은? 그렇게 또다시 돌고 도는 질문.

인생이란 이런 궤도를 돌아야 하는 건가.

진짜 이런 걸까?

"딸 하나." 아한은 차분하게 대답했다.

한 녀석이 불쾌해진 얼굴로 소리쳤다. "하나가 딱 좋아! 젠장, 난 너무 많이 낳았어. 돈이 얼마나 드는지 허리띠 졸라매고 거지같이 산다니까!" 그러면서 또 한잔을 입에 들이부었다. "이번 생은 이 꼴로 끝나겠어!" 그러고는 고개를 푹 숙이고 주문을 외듯 뭐라 뭐라 중얼거렸다. 아한이 귀기울여 들어보니 이 말이었다. "프로피테 뒤 모망…… 프로피테 뒤 모망……"

그들이 처음 배운 프랑스어였다. 지금 이 순간을 살아라.

젊을 때 온 힘을 다해서 지금 이 순간을 살아라.

신부님은 젊었을 때 해보신 최고 미친 짓이 뭐예요?

올리버 신부에게 이 질문을 했던 그때를 아한은 지금도 기억하고 있었다. 한쪽에서는 사이펀 커피포트가 보글거리고, 공기 중에는 커피 향이 가득하고, 방안에는 부드러운 햇살이 비쳐들고 있었다.

손에 든 주소록을 죽 훑어보던 아한의 눈길이 어떤 이름에서 멈췄다.

왕바이더.

1
시작

1987년 7월 14일, 여름방학.

타이중 베르테르남자고등학교.

수영장 끝까지 헤엄쳐 간 아한이 수면 위로 얼굴을 내밀고 물안경을 벗었다. 벽에 기대 숨을 고르는데 누군가의 시선이 느껴졌다.

고개를 돌려보니 바로 옆에 또래 남학생이 자기처럼 벽에 기대 쉬면서 숨을 고르고 있었다.

눈이 마주친 순간 녀석은 바로 눈을 돌렸다. 하지만 아한이 눈길을 거두자 다시 아한을 바라보았고, 아한이 돌아보자 또다시 눈길을 거두었다. 둘은 이렇게 서로의 눈길을 피하면서 서로의 모습을 똑똑히 눈에 담았다.

꽤 똘똘해 보이는 생김새의 그 녀석 입가에 장난스러운 미소가 걸려 있었다.

낯선 얼굴이었다.

수영장 저쪽에서 호루라기 소리가 들려왔다. 아한이 출발하려고 몸을 구부리는데 녀석도 똑같은 동작을 했다. 먼저 보내야겠다고 생각하고 아한이 몸을 펴는 순간 그 녀석도 똑같이 몸을 폈다.

환상적으로 잘 맞았다. 둘은 저도 모르게 마주보며 씩 웃었다.

"이름이 뭐냐? 처음 보는데?" 아한이 물었다.

대답은 없었다. 녀석은 고개를 돌리고 수영장 저쪽 끝을 뚫어져라 바라보며 규칙적으로 호흡을 했다.

아한은 민망함을 감추려고 물안경을 쓰고는 발차기를 하며 힘차게 물살을 가르고 나아갔다.

그 녀석도 아한을 뒤따라 헤엄쳐 오고 있었다.

올리버 신부가 반대편에 서서 물속에서 팔다리를 휘젓는 관악부 남학생들을 지켜보며 소리쳤다. "물을 겁내지 마라! 아기 때 너희들이 있던 엄마 뱃속이 물이었어! 그러니까 물은 가장 편안한 곳이다…… 물속에 누워서 하느님께 안기는 거야. 세례받는 것처럼!"

190센티미터의 장신을 뽐내는 다바가 네스호의 괴물처럼 솟구치더니 퐈 하고 물을 뿜으며 외쳤다. "아빠 몸에 있을 때도 물속이었는데요! 엄마한테 헤엄쳐 가느라고 얼마나 힘들었다고요!"

다들 폭소를 터뜨렸다.

그때 그 처음 보는 녀석도 반대편에 다다랐다. 아한은 물안경을 벗고 용기 내서 물었다. "너…… 전학 왔냐?"

여름방학이 되기 전에 올리버 신부가 관악부에 전학생이 들어올 거라는 말을 했었다.

그 녀석이 고개를 끄덕였다.

"2학년이지? 몇 반이야? 난 장자한이야. 1반, 이과야." 아한*이 자기소개를 했다.

왠지 몰라도 아한은 처음 보는 그 녀석이 꽤나 맘에 들었다.

아한의 말이 안 들리는지 녀석은 능숙하다고는 할 수 없는 몸짓으로 발차기와 스트로크를 연습했다. 그다음에는 물속에 얼굴을 넣고 숨쉬기 연습을 했다.

---

* 타이완과 중국 남방에서는 이름의 한 글자나 성씨 앞에 아(阿)를 붙여 친근함을 표시한다.

다바가 짓궂게 말했다. "방금 내가 오줌 눴는데. 물맛 좋지?"

녀석이 흠칫 놀라며 동작을 멈췄다.

옆에 있던 아이들이 웃음을 터뜨렸다. 올리버 신부도 빙긋 웃으며 말했다. "마셔도 아무 일 없어."

녀석이 얼굴을 쳐들었다. 입에 물을 가득 머금고 있었다. 다바 무리가 시끌벅적 놀려댔다. "삼켜! 얼른! 꿀꺽!"

아한이 보다못해 말했다. "멍청한 놈, 빨리 뱉어…… 으윽!"

녀석이 입에 있던 물을 아한 얼굴에 뿜어버렸다.

아한은 얼굴을 훔치고 애써 웃음을 지으며 상황을 설명했다. "쟤들이 너 놀리는 거잖아."

올리버 신부가 웃으며 아한에게 손짓을 했다. 그 녀석 몸을 받쳐주면서 수영 연습을 도와주라는 것이었다.

아한은 팔을 뻗어 물속에서 녀석의 허리를 떠받쳤다. 탄탄한 근육과 뜨거운 살갗이 느껴졌다. 순간 어루만지고 싶은 충동이 치밀었지만 아한은 꾹 참고 얼른 고개를 숙이며 눈을 돌렸다.

또래 남자의 맨몸과 맞닿아본 것은 이번이 처음이었다.

"힘 빼, 몸에서 힘을 빼!" 수영장 밖에서 올리버 신부가 요령을 알려주었다. "힘을 빼고 아한한테 몸을 맡겨라. 힘주지 않아도 아한이 받쳐줄 거야!"

아한은 손에 닿은 근육이 천천히 풀어지는 것을 알아차렸다. 드디어 아한이 미더워졌는지, 녀석은 편안하고 자연스러운 자세를 찾은 듯했다.

순간 아한은 묘한 기분이 들었다.

"잘했어!" 올리버 신부가 소리쳤다. "이제 할 수 있지?"

아한이 퍼뜩 정신을 차렸다. 저도 모르게 녀석의 탄탄한 몸에 눈길을 쏟고 있었다.

올리버 신부가 아한에게 녀석을 그만 놔주라고 했다. "됐다, 이제 스스로 연습하라고 해."

이어 손뼉을 치며 모두에게 말했다. "이제 해파리뜨기자세다. 숨을 깊이 들이마시고 물속으로 들어간다. 그다음 천천히 내쉬면서 최대한 버티는 거다……"

아이들이 물속으로 하나둘씩 가라앉았다. 10초도 안 되어 다바가 가장 먼저 물위로 솟아올랐다.

올리버 신부가 웃으며 고개를 흔들더니 벽에 걸린 시계를 보며 말했다. "시간이 다 됐구나. 이제 음악실로 가자!"

"넵!" 이번에도 다바가 가장 먼저 물 밖으로 뛰쳐나왔다.

아이들이 하나씩 하나씩 물 밖으로 나왔다. 아한도 나와서 주위를 둘러보는데 그 전학생 녀석이 보이지 않았다. 낌새가 이상

했는지 다바도 물속을 살폈다. 그림자 하나가 물속에서 어른거리고 있었다.

“뭐야, 익사한 건 아니겠지?” 다바의 말이 끝나기도 전에 아한이 물속으로 풍덩 뛰어들었다.

아한이 가까이 다가갔을 때, 녀석이 물위로 솟구치며 퐈 하고 숨을 토해냈다.

어리둥절해진 아한이 물위로 떠오른 순간, 눈에 들어온 것은 녀석의 얼굴에 가득 맺힌 영롱한 물방울 그리고 눈부신 미소였다.

녀석은 손목에 찬 시계를 가리키며 기분좋게 소리쳤다. “2분 5초! 2분 깼다!”

아한은 욱하는 마음을 꾹 참았다. 어처구니가 없었다.

괜한 걱정이었다.

녀석이 여전히 아한을 보며 다정하게 웃고 있었다. 아한은 물속으로 첨벙 들어가 고개를 젖히고 녀석을 올려다보았다. 그러자 그 녀석도 물속에 얼굴을 들이밀고 싱글거리며 아한을 내려다보았다.

아한은 속으로 생각했다.

왜 자꾸 웃지?

기분좋은 일 있나?

뭐가 그렇게 좋지?

나 만난 거?

*

관악부 연습실은 통풍이 잘 안 되는 어두침침한 지하실이었다. 관악부 책임자이자 지휘자인 올리버 신부는 청춘의 한복판을 지나는 남학생들이 얼마나 혈기왕성한지 잘 알았다. 수업도 없는 여름방학, 차고 넘치는 기운을 수영장에서 좀 빼놓지 않으면 지하실에 얌전히 앉혀놓고 연습을 시킬 수가 없었다.

아한이 수영장에서 봤던 남학생은 왕바이더라는 문과 전학생이었다.

그 녀석은 자기를 '버디'라고 불러달라고 모두에게 말했다.

알고 보니 그 호칭은 미국 영화 〈버디〉의 제목이었다. 아한은 본 적 없는 영화였지만 상상이 되었다. 저 녀석이 자기를 버디라고 하는 이유는 자유를 갈망한다는 뜻 아닐까?

버디가 갈망하는 자유란 어떤 걸까?

연습실에 처음 온 버디와 신입부원 세 명에게 올리버 신부가 관악기 마우스피스들을 가리키며 말했다. "불어보고, 소리 낼 수 있는 걸로 연습해라."

버디는 색소폰 마우스피스를 골라잡았다. 하지만 아무리 불어도 소리가 나지 않았다.

올리버 신부가 말했다. "단전에 힘을 줘. 단전이 어딘지 아냐?"

버디 얼굴에 당황한 기색이 떠올랐다.

옆에서 지켜보던 아한이 손가락으로 슬그머니 자기 배를 가리켰다.

올리버 신부가 아한을 홱 돌아보며 말했다. "네가 알려줘라, 단전이 어디 있는지. 겸사겸사 소리 내는 법도 좀 가르쳐주고!"

아한은 내키지 않는 표정을 지었지만 속마음은 그렇지 않았다.

아한은 버디에게 일단 마우스피스를 내려놓으라고 했다. 그리고 버디의 아랫배를 손바닥으로 힘껏 눌렀다. "아— 소리부터 연습해. 여기서 소리를 뽑아내는 거야. 위치가 맞으면 여기 근육에 힘이 들어가거든. 그럼 내 손이 밀려날 거야."

버디는 고분고분 아— 소리를 냈지만 일부러 배를 쑥 내밀어 아한의 손을 밀어냈다.

"일부러 그러지 말고! 조금 아래쪽에서 소리를 내봐." 아한이 웃음을 참으며 말했다.

버디는 아한이 시키는 대로 다시 아— 소리를 냈다. 이번 발성은 정확한 위치였다.

아한은 만족스럽게 고개를 끄덕이고 버디에게 마우스피스를 건네며 불어보라고 했다.

버디는 한참을 불었지만 여전히 아무 소리도 나지 않았다.

난감해진 아한이 올리버 신부에게 도움을 청하려 했지만 신부는 다른 부원을 가르치느라 바빠 보였다. 그때 버디가 마우스피스를 아한에게 쓱 내밀었다. 아한이 받아서 입에 대고 열심히 불어봤지만 역시 아무 소리도 나지 않았다.

아한이 이상하다 싶어 마우스피스를 흔들어보자 침방울이 후두둑 튀어나왔다.

"네 침으로 꽉 찼잖아!" 아한이 버디 몸에 침을 닦아냈다. 버디는 바보처럼 실실 웃기만 했다.

아한은 버디를 흘겨보며 조심스레 침을 털었다. 깨끗이 털어내고 다시 불어보니 제대로 소리가 났다.

진짜 소리가 나자 버디는 눈이 휘둥그레졌다. 마우스피스를 냉큼 잡아챈 버디가 얼굴이 시뻘게지도록 불어봤지만 괴상한 소리가 비어져나올 뿐이었다.

그러더니 갑자기 귀를 움켜쥐었다. 어디가 불편한 얼굴이었다.

아한은 감이 왔다. "귀에 물 들어간 거 아냐?"

"몰라. 머릿속에서 물소리가 나는 것 같기도 한데." 버디가 귀를 꽉 누르며 말했다.

아한은 버디를 일으켜세웠다. 그리고 한쪽으로 머리를 기울이고 깡충깡충 뛰어 보였다. "이러면 물이 빠져."

버디는 오른쪽으로 머리를 기울이고 깡충거리다가 다시 왼쪽으로 기울이고 깡충깡충 뛰었다.

"어느 쪽에 물이 들어갔는지도 모르냐?" 아한은 짜증이 나면서도 우스웠다.

버디는 대답 없이 깡충거리며 웃기만 했다.

아한은 저 녀석이 웃으니 참 보기 좋다고 생각했다.

*

개학하고 버디가 기숙사에 들어온 첫날 저녁이었다. 같은 방은 아니었지만 아한은 샤워를 마친 뒤 버디를 데리고 기숙사를 둘러보며 규칙을 알려주었다.

하지만 단박에 알 수 있었다. 버디는 결코 규칙을 지킬 놈이 아니었다.

버디는 재미있는 녀석이고, 재미있는 녀석은 갑갑한 규칙을 순순히 따를 리가 없다.

둘은 대야를 안고 슬리퍼를 끌며 복도를 걸어갔다.

사감 방문 앞을 지날 때였다. 아한이 목소리를 낮춰 말했다.

"진짜 골치 아픈 인간이라니까. 별명은 짱髒대가리야. 장張씨*거든. 얼굴만 봐도 그 아래도 엄청 더럽다는 걸 딱 알 거다."

버디가 못 참고 킥 웃음을 터뜨리자 아한은 신이 나서 말이 많아졌다. "뭣보다도 성질이 제일 더러워! 완전 시커멓다니까. 불시에 방을 막 검사하는데 거의 우리가 수업 듣고 있을 때야. 외부 음식 등등 기숙사에 가져오면 안 되는 금지 품목이 60가지도 넘어. 여기서 중요한 건 '등등'이라는 거야! 짱대가리 맘에 안 드는 물건은 다 '등등'에 들어가. 그냥 자기 맘대로 규칙을 만든다니까!"

말하다보니 아한은 화가 치밀었지만 버디는 무슨 희한한 물건을 접한 것처럼 실없이 키득거리기만 했다.

"지난번에 누가 콘돔을 갖고 있다가 짱대가리한테 압수당했거든. 걔가 금지 품목에 안 들어 있다고 따지니까 짱대가리가 언제

---

* 중국어로 더럽다는 뜻인 髒과 성씨 張의 발음이 비슷해서 붙은 별명.

쓰려는 거냐면서 뻔뻔한 놈이라고 욕을 하는 거야. 걔가 '사감 선생님처럼 쓰고 싶어도 못 쓸 일은 없어요!' 그랬더니 짱대가리가 교사 권위를 무시한다고 길길이 날뛰면서 바로 벌점 먹이더라."

둘은 아한의 방문 앞에 이르렀다. 안에서 몇몇 녀석이 한껏 멋을 부리며 나갈 준비를 하고 있었다.

아한이 낮은 소리로 녀석들이 누군지 알려주었다. 헌팅캡을 쓴 제일 키 큰 녀석은 다바, 머리가 덥수룩한 녀석은 라오페이, 하와이안 셔츠를 입은 녀석은 솨이지.

문가에 서 있는 둘을 보고 다바가 아한에게 말했다. "10시에 뜨거운 물 끊길 때까지 씻어야겠냐? 빨리 옷 안 갈아입어?"

버디가 가만히 물었다. "너희들 외출해?"

아한이 고개를 끄덕였다.

"사감한테 걸리면 어쩌게?" 버디가 물었다.

그러자 솨이지가 깔보듯 말했다. "겁날 게 뭐 있냐? 끽해야 벌점 아니면 퇴학이지."

말이 끝나자마자 복도에서 잰 발소리가 들려왔다. 이어 사감 목소리가 쩌렁쩌렁 울렸다. "거기! 왜 팬티 바람으로 싸돌아다녀!"

외출복으로 갈아입은 세 사람은 눈짓을 주고받고는 즉각 침대에 뛰어들어 이불을 덮어쓰고 자는 척을 했다. 아한도 허둥지둥 버디를 끌고 들어가 자기 침대에 밀어넣고 같이 이불을 뒤집어 썼다.

방문 앞에 다다른 사감이 몽둥이로 문을 땅땅 두드리며 안을 둘러보았다. 다들 침대에 누워 얌전히 자는 모습에 사감은 코웃음을 쳤다. "어라? 왜 이리 얌전해? 뭐 찔리는 거 있나본데?" 사감의 눈길이 방을 훑는 동안 다들 숨죽인 채 누워 있었다.

사감은 콧방귀를 뀌더니 불을 끄고 문을 닫았다.

아한은 얼른 이불을 살짝 들추고 밖을 살폈다. 사감이 멀리 가버린 걸 확인하자 안도의 한숨이 흘러나왔다.

고개를 돌려보니 이불 속에서 버디가 자신을 바라보며 웃고 있었다.

"웃음이 나냐?" 아한은 기가 찼다.

버디는 대답 없이 싱글거릴 뿐이었다.

*

달빛도 없는 음침한 밤이었다. 방안은 칠흑같이 어둡고 기숙사도 쥐죽은듯 괴괴했다.

밤마실 준비를 마친 네 사람이 복도를 살금살금 걸어갔다. 사감 방에도 불이 꺼져 있었지만 넷은 더욱 조심스레 멀찍이 떨어져 지나갔다.

기숙사 밖으로 나오자 교문 위에 우뚝 선 거대한 십자가가 보였다. 캄캄한 교정에서 홀로 창백한 형광등 빛살을 눈부시게 내뿜고 있었다.

담장 앞에 이르렀다. 다바가 앞장서서 담장 위로 기운차게 뛰어올랐다가 허둥지둥 도로 내려왔다.

"망할! 누가 있어!" 다바가 당황한 목소리로 외쳤다.

"누가?" 솨이지가 물었다.

"난들 아냐?" 다바가 사납게 말했다.

담을 넘어야 해, 말아야 해?

여학생들과 벌써 약속을 했는데. 이대로 놓칠 수는 없는데.

누구인지 알아보려고 다바가 깡충 뛰어 담장 너머로 고개를 뽑아보았다. 그 순간 담장 밖에서도 머리가 쑥 올라왔다. 버디였다!

다들 어안이 벙벙했다.

저 녀석이 도대체 언제 나간 거지?

"새끼야! 간 떨어질 뻔했잖아!" 다바가 버디를 치려고 팔을 뻗었다. 버디는 웃으며 슥 피하고는 담장에서 펄쩍 뛰어내렸다.

다바가 버디를 노려보며 담을 넘어가자 라오페이와 솨이지도 뒤를 따랐다. 마지막으로 뛰어오른 아한이 담장 위에서 버디를 돌아보고 웃으며 물었다. “어디 갔다 와? 여친 만나러?”

버디는 싱긋 웃으며 뜨거운 국수 봉지를 들어 보이고는 잽싸게 기숙사로 돌아갔다.

아한은 버디의 뒷모습을 물끄러미 바라보았다. 라오페이가 낮게 부르는 소리에 아한은 그제야 정신을 차리고 얼른 담장 밖으로 뛰어내렸다.

*

다바의 신통한 연출로 직업고등학교 여학생들과 데이트를 하게 되었다. 남학생 넷에 여학생 넷인데 오토바이는 석 대뿐이라 두 대에는 세 명이 끼어 타야 했다. 고요한 밤, 오토바이가 황량한 공원묘지에 멈춰 섰다. 인적이 아예 없는 곳으로 밀회를 즐기기에 딱 좋은 장소였다.

그 나이대 남자애들 머릿속에 꽉 들어찬 것은 성적 욕망뿐이었다. 목적지에 다다른 일행은 몇 마디 인사를 나누고 바로 본론으로 들어갔다. 남학생 넷이 각자 삐삐를 꺼내 다바의 주머니에

넣자 여학생 넷이 하나씩 골라잡았다.

짝을 정하자 다바 커플은 묘비 뒤쪽으로 직행해 엎치락뒤치락 들썩이기 시작했다. 솨이지 커플은 적당히 수다를 떨다가 달라붙었고, 로맨틱 가이인 척 시시덕거리던 라오페이도 드디어 파트너에게 달려들었다.

아한은 한쪽에 앉아 청춘의 환락에 빠진 친구들을 보고 있었다. 어색하고 불편하기만 할 뿐 조금도 흥분되지 않았다.

아한과 커플이 된 여학생은 가슴골이 훤히 드러나는 깊이 파인 블라우스를 입고 있었다. 그녀는 어디다 눈을 둬야 할지 모른 채 쩔쩔매는 아한을 보며 귀엽다고 생각했다.

"처음이야?" 여학생이 물었다.

"뭐가?" 아한이 긴장한 목소리로 되물었다.

"걔들하고 밤에 나온 거."

"어어…… 아니야." 짐승처럼 흥분한 친구들을 보며 아한은 생각했다. 이렇게 노골적인 분위기일 줄은 몰랐잖아. 기숙사에 남아서 버디가 몰래 사 온 야식이나 같이 먹을걸.

그동안 다바 무리와 몇 번 나오긴 했지만 바닷가에 가거나 야시장에서 군것질을 하며 신나게 놀았을 뿐이었다.

"처음도 아닌데 뭘 그렇게 부끄러워해? 아무튼 우린 처음 만난 거지?" 여학생이 물었다.

아한은 그예 이런 말을 하고 말았다. "너희들은 항상 이래?"

여학생이 픽 웃더니 말했다. "그렇게 복잡하게 생각할 필요 없어. 참, 내 이름은 엔젤이야. 너는?"

이름도 안 물어보고 있었다니, 아차 싶어 아한은 얼른 사과했다. 엔젤은 개의치 않았다. "사과해서 뭐 하게? 어차피 하고 싶잖아. 밤은 짧단다. 내숭 떨지 말고 얼른 시작하자!" 엔젤이 아한의 손을 잡아끌었다. "너무 주도적인 여자는 별로야?"

저도 모르게 고개를 끄덕이려던 아한은 엔젤이 기분 나빠할까 봐 어색하게 고개를 흔들었다.

엔젤이 아한의 손을 자기 가슴으로 가져갔다.

아한은 긴장해서 몸이 뻣뻣해졌다.

"내가 너무 밝히는 것 같아?" 엔젤은 일부러 아한의 귓가에 입술을 바짝 대고 속삭였다.

아한은 손을 빼고 싶었지만 꾹 참고 또 뻣뻣하게 고개를 저었다.

"너 악기 다룬다면서? 내 몸을 악기라고 생각해……" 부드럽게 속삭이며 다가붙은 엔젤이 아한의 한 손을 블라우스 속으로, 다른 손은 자기 허리로 가져갔다. "어때?"

"음…… 부드러워." 아한이 더듬더듬 말했다.

웃으며 아한의 무릎에 걸터앉은 엔젤이 손을 뻗어 아한의 가랑이를 더듬었다. "너……" 한바탕 기를 세워주려던 엔젤이 말을 뚝 멈췄다.

아한의 그곳도 아주 부드러웠다.

흥이 깨진 엔젤은 아한의 무릎에서 스르르 내려갔다.

원래 엔젤은 잘생긴 아한과 커플이 되어 속으로 좋아하고 있었다. 게다가 아한은 색마처럼 보이지 않았다. 그런데 이렇게 무반응일 줄이야!

"너 설마 처음은 아니지?" 엔젤이 싸늘한 시선으로 아한을 보았다.

아한은 어쩔 줄 몰라하며 얼른 미안하다고 했다.

이토록 순진한 모습을 보고, 엔젤은 피식 웃고 말았다. 아무래도 정말로 경험이 없는 것 같은데. 너무 부끄러워서 서지 않는 거겠지?

천천히 가르쳐주지 뭐.

순진한 애 이끌어주는 것도 재밌겠네.

엔젤은 아한의 셔츠를 벗기더니 가방에서 펜을 꺼내들었다. 그리고 아한의 가슴에 자기 삐삐 번호를 적어주었다.

"시간 날 때 삐삐 쳐!" 엔젤이 웃으며 말했다.

아한은 얼른 셔츠를 다시 입고 힘주어 고개를 끄덕였다.

아한을 물끄러미 바라보던 엔젤이 갑자기 고개를 돌리더니 주머니에서 담배와 라이터를 꺼냈다. 그리고 능숙하게 담뱃불을 붙이며 씁쓸하게 말했다. "아무래도 안 칠 것 같네."

"칠게!" 아한이 엉겁결에 말했다.

하지만 엔젤은 그리 기분좋은 얼굴이 아니었다.

엔젤이 담배 연기를 내뿜으며 아한에게 하는 건지 혼잣말인지 알 수 없는 말을 중얼거렸다. "누군가 그러더라. 사랑 없는 행위는 그냥 정욕 발산이라고."

아한은 뭐라고 대꾸해야 할지 알 수가 없었다.

"사랑하지 않아도 나 안아줄 수 있어?" 엔젤이 아한을 돌아보며 물었다.

아한은 엔젤을 안고 싶은 마음이 조금도 없었지만 그렇다고 곧이곧대로 말할 수도 없었다.

아한의 눈빛에서 대답을 알아차렸는지 엔젤은 또 쓴웃음을 짓고는 눈물 한 방울을 또르륵 흘렸다.

아한이 허둥지둥 물었다. "괜찮아?"

엔젤이 훌쩍이며 말했다. "내가 다신 나오나 봐라. 너희들 다

똑같은 놈들이야."

너희들? '너희들'이라니 누구를 말하는 거지?

주위에서 희미한 신음과 헐떡이는 숨소리가 들려왔다.

몸은 이렇게 가까이 있는데 마음은 너무나 멀리 있었다. 서로의 마음을 도무지 볼 수가 없었다.

아한은 담배 연기를 내뿜는 엔젤을 가만히 지켜볼 뿐이었다. 더이상 할말이 없었다.

그날 저녁, 기숙사로 돌아와 침대에 누운 아한은 밤새 잠을 이루지 못하고 뒤척였다.

사랑하지 않아도 나 안아줄 수 있어?

엔젤이 했던 말이 머릿속에서 하염없이 맴돌았다.

사랑이 대체 뭘까?

사랑과 스킨십을 떼어놓을 수 있을까?

적어도 다바 무리가 그 여자애들을 '사랑'한다는 느낌은 조금도 없었다.

아한은 자기 손이 엔젤의 몸에 닿았을 때 어떤 느낌이었는지 떠올려보려 했다. 손을 들여다보며 곰곰이 생각하는데 난데없이 버디를 처음 만난 그날, 손으로 버디의 허리를 붙들어주었을 때의 감각이 떠올랐다.

따뜻하고 단단하고 청춘의 탄력이 넘치던 피부.

갑자기 야릇한 기분이 스멀스멀 올라오면서 가랑이가 뻐근해졌다. 아한은 자꾸 생각하면 안 되겠다 싶어 이불을 머리까지 덮어쓰고 억지로 잠을 청했다.

상상일까, 꿈일까. 두 눈을 질끈 감았는데도 자신을 보며 웃고 있는 버디의 모습이 아른거렸다.

*

다음날.

관악부 연습실에서 아한은 연신 하품을 하고 있었다.

도무지 집중이 안 되고 주변에서 들리는 소리도 뒤죽박죽이었다. 트럼펫을 불면서 아한은 자꾸 박자를 놓쳤다.

올리버 신부의 목소리가 어렴풋이 들려왔다. "영혼을 담아야지! 음악은 움직이는 선과 같다. 그 선에 감정을 싣는 거야, 힘이 아니고! 사랑을 담아! 악기를 애인이라고 생각하고 사랑스럽게 안아줘, 좀더 부드럽게. 안 그러면 돌덩어리 껴안은 것에 불과하고, 듣는 사람도 고역이야……"

악기를 애인이라고 생각하라고…… 어젯밤에 엔젤이 했던 말하고 비슷하다.

눈을 힘껏 깜빡이며 정신을 차리고 보니 옆자리에 앉은 버디가 커다란 은빛 튜바 속에 머리를 들이밀고 있었다.

궁금해진 아한이 버디를 따라 머리를 집어넣으며 물었다. "뭐 하냐?"

"들어봐. 아한~" 버디가 말했다.

튜바 속에서 묵직한 메아리가 울려퍼졌다.

아한이 웃으며 말했다. "바보~"

둘의 나직한 웃음소리가 뒤섞이며 튜바 속에서 함께 메아리쳤다. 바깥세상과는 단절된 둘만의 세상 같았다.

은빛 튜바 밖에서는 올리버 신부의 이야기가 이어지고 있었다. "……명심해라, 사랑을 담는 거야…… 라무르L'amour~" 신부는 아름다운 옛사랑을 떠올리듯 두 눈을 지그시 감은 채 팔을 휘두르며 말했다.

그러나 눈치 없이 말을 끊는 사람이 있었다. 다바가 트롬본을 내려놓으며 뚱한 표정으로 물었다. "신부님, 지금 저희한테 연애하라고 장려하시는 거예요? 학교에서 금지하는데 그게 돼요?"

"프로피테 뒤 모망! 지금 이 순간을 살아야지. 젊을 때 다 해봐야지 뭐가 겁나! 너희 나이에 하는 연애는 다 아름다운 거야." 올리버 신부의 입가에 미소가 번졌다. "인연이 찾아오는 걸 누가 막겠니. 사랑을 하게 되면 완전 딴사람이 될 거다." 신부의 눈꼬리가 파르르 떨리며 눈동자에 희미한 빛이 어렸다.

올리버 신부의 얼굴에 깃든 감동과 행복을 눈치챈 사람은 아한뿐이 아니었다.

솨이지가 물었다. "신부님은 연애하면 안 되잖아요?"

신부는 살짝 당황해하다 웃으며 말했다. "내가 신부가 되기로 마음먹은 건 스무 살 때니까……"

라오페이가 끼어들었다. "신부님, 성모마리아님하고 연애했다는 얘기는 하지 마세요!"

"그러니까 스무 살 전에 연애한 거라고." 올리버 신부가 말했다.

연습실은 한순간에 난리통이 되었다. 아이들이 악기를 내려놓고 저마다 캐묻기 시작했다. "진짜예요? 뻥 아니에요?"

"진도는 어디까지 나갔었어요? 키스도 하셨어요?" 다바가 천연덕스럽게 물었다.

올리버 신부가 고개를 끄덕였다.

"어떤 느낌이에요?" 아한이 물었다.

신부가 미소 띤 얼굴로 아한을 바라보며 말했다. “아주아주 달콤하지.”

“자세히 좀 얘기해주세요! 어떻게 만난 거예요? 캐나다 사람이에요?” 라오페이가 꼬치꼬치 캐물었다.

올리버 신부는 평소와는 다르게 난색을 표하더니 주위를 둘러보고 결국 아이들의 성화에 못 이겨 이야기를 시작했다. “우린 댄스파티에서 처음 만났어. 금발에 암녹색 눈망울이 예뻤지…… 몸매도 멋지고……” 첫사랑을 묘사할 적절한 말을 찾으려는 듯 신부는 중간중간 말을 멈추었다. “아직도 기억난다. 그때 우리는 아주 자연스럽게 서로의 눈을 보고 있었어……”

이 말을 들으며 아한은 저도 모르게 버디를 돌아보았다. 버디도 자신을 보고 있었다.

그 순간, 공기마저 감미롭게 느껴졌다. 오직 둘만이 맛볼 수 있는 달콤함이었다.

신부의 젊은 시절 연애 얘기에 관악부 아이들은 점점 광분했다. 하지만 올리버 신부는 이야기를 멈추고 손을 내저으며 말했다. “그만하자! 연습 시간 끝났다. 이제 가서 국기 게양식 준비하자!”

아이들이 좀더 얘기해달라고 끈질기게 졸랐지만 올리버 신부는 입을 다문 채 아이들을 하나씩 하나씩 지하실 밖으로 밀어냈다.

악기를 정리하는 버디를 보면서 아한은 버디에 대한 자신의 감정이 다바 녀석들에게 느끼는 것과는 완전히 다름을 깨달았다.

……이런 느낌, 뭘까?

2
참배

누군가 기숙사 규칙을 어기고 밤에 몰래 나갔다가 사감에게 걸렸다는 소식이 퍼졌다.

그 얘기를 듣자마자 아한은 저녁밥도 먹다 말고 기숙사로 달려갔다.

복도에 들어선 순간 사감의 성난 꾸지람이 들려왔다. "전학생이 오자마자 말썽이냐! 다른 학교에선 뭔 짓을 했든 우리 학교에 온 이상 여기 규칙을 따라야 해!"

어떤 간덩이 부은 녀석이 사감을 저렇게 길길이 날뛰게 만든 걸까, 방문마다 아이들이 고개를 내밀고 있었다.

아한이 버디의 방 가까이에 이르러보니 교관과 사감이 버디 앞에 떡 버티고 서 있었다. 교관은 엄한 얼굴로 뒷짐을 지고 섰고, 사감은 쓰레기통을 걷어차더니 그 속에 있는 야식 포장용기를 가리키며 호통을 쳤다. "네놈이 먹은 거지? 기숙사 식당엔 저런 그릇이 없어! 외부 음식 금지인 거 몰라? 기숙사 규칙도 안 봤냐!"

교관도 사납게 꾸짖었다. "게다가 머리 꼴은 그게 뭐야? 왜 그리 길어?" 그러고는 바리캉을 꺼내 버디 머리를 누르고 지잉지잉 밀어버렸다. 버디의 머리 한복판에 길이 생겨났다. "다음주에 와서 검사받는다. 알았나?"

버디는 고개를 숙인 채 아무 대꾸도 없었다. 하지만 아한은 버디가 몰래 웃고 있을 것만 같았다.

근처에서 얼쩡거리는 아한을 보자 사감이 퉁명스레 말했다. "장자한, 구경났냐? 너도 같이 혼나고 싶어?"

아한은 얼른 돌아서서 자기 방으로 갔다.

다바, 라오페이, 솨이지 모두 놀란 얼굴이었다. 다바가 말했다. "난 우리가 걸린 줄 알았어!"

"멍청한 새끼, 증거를 남기면 어떡해?" 라오페이가 말했다.

바깥에서 퍽, 퍽, 퍽, 둔탁한 소리가 들려왔다.

아한이 문밖으로 살그머니 고개를 내밀었다. 버디는 작은 걸상을 짚고 엎드려뻗쳐를 하고, 사감이 몽둥이로 버디의 엉덩이를 내리치고 있었다. 버디는 작은 신음소리도 내지 않고 버텼고 훔쳐보는 아한과 눈이 마주치자 씩 웃기까지 했다.

아한은 더는 차마 볼 수가 없어 방으로 들어갔다. 룸메이트 셋이서 자기 일 아니라고 마음 편히 떠드는 소리를 들으며 아한은 왠지 모르게 기분이 좋지 않았다.

*

10시 30분. 기숙사 불이 모두 꺼졌다.

아한은 몰래 방을 빠져나가 버디를 찾아갔다.

버디는 아직 샤워장에 있을 거라고 버디의 룸메이트가 일러주었다.

샤워장으로 가면서 아한은 생각했다. 이제 찬물밖에 안 나올 텐데. 얼마나 추울까.

샤워장은 칠흑같이 깜깜했다. 어딘가 물소리가 나는 칸이 있었다. 아한이 더듬더듬 다가가며 나직이 물었다. "버디, 거기 있냐?"

"응!" 안에서 버디 목소리가 흘러나왔다.

아한이 문 위로 연고 한 통을 건넸다. "멍 빠지는 데 직빵이야.

아까 맞은 데다 발라."

버디가 손을 뻗어 연고를 받자 아한이 걱정스레 물었다. "많이 아팠지? 다음엔 뒷주머니에 신문지 몇 장 껴놔."

물소리가 멎었다. 샤워를 마친 버디가 밖으로 나왔다. 팬티만 달랑 걸치고 교관한테 깎인 머리에는 십자로가 나 있는 꼴이 꽤나 우스웠다.

아한과 버디가 슬그머니 샤워장을 나서려 할 때, 라오페이가 누군가의 멱살을 틀어쥔 채 끌고 들어왔다. 몸집이 왜소한 후배였다.

아한은 허둥지둥 버디를 샤워칸으로 밀어넣고 자기도 따라 들어갔다. 그리고 버디에게 조용히 있으라는 신호를 보냈다.

둘은 샤워칸에 숨어 바깥 동정에 귀를 기울였다.

다바 목소리가 들려왔다. "떠들지들 말고, 바로 시작하자!"

쏴이지가 옆에 있는 샤워칸 문을 열어젖혔다. 그러고는 라오페이와 함께 후배의 한쪽 다리를 쳐들고 사타구니를 철문에 쾅쾅 들이박았고, 아픔을 이기지 못한 후배를 축축한 바닥에 내던졌다!

"아으, 기생오라비 같은 새끼! 네가 사감한테 찔렀지?" 다바가 낮은 소리로 을러댔다.

“아니에요……” 작고 마른 후배는 두 손으로 사타구니를 감싸고 온몸을 오들오들 떨며 고통스러워했다.

라오페이가 젖은 수건으로 후배의 몸을 마구 후려쳤다.

“고자질쟁이! 잘 들어. 이 기숙사에서 우리가 모르는 일은 하나도 없어. 꼰질렀다간 각오해. 그리고 너, 샤워할 때 자꾸 힐끔거릴래?” 라오페이가 으르렁거렸다.

“그런 적 없어요……”

그러자 다바가 더욱 화를 내며 후배를 걷어찼다. “개새끼야, 눈깔 함부로 굴리지 마. 나 보는 거 다 알아. 이 호모, 변태 새끼!”

“동성애자는 지옥행이야, 역겨운 새끼야!” 쇼이지도 맞장구쳤다.

아한과 버디는 샤워칸에 숨어서 세 사람이 후배를 괴롭히는 소리를 듣고 있었다. 아한은 차마 두고 볼 수가 없어 나가야 하나 말아야 하나 갈등하고 있었다. 그런데 옆에서 버디가 못 참고 뛰쳐나가려 문을 열었다. 아한은 다급하게 버디를 부여잡았다. 버디의 몸이 부들부들 떨리고 있었다.

추워서 떠는 걸까, 화가 나서 떠는 걸까?

버디의 얼굴에서 웃음기가 싹 사라져 있었다. 버디를 알고 나서 이런 표정은 처음이었다.

"춥냐?" 아한이 물었다.

버디는 대답이 없었다. 분노를 꾹 참는 표정이었다.

라오페이와 솨이지가 후배를 붙잡아 일으키더니 바지를 끌어내렸다. 다바가 라이터를 켜고 히죽거리며 후배의 사타구니에 들이댔다. "샤워할 때 또 훔쳐봤다간……"

참다못한 버디가 결국 큰 소리로 "씨발" 욕을 하며 문짝을 쾅 쳤다. 밖에 있던 세 사람은 소스라치게 놀랐다!

"젠장, 누가 아직도 여기 있어? 몇 반 새끼야!" 다바가 즉시 라이터를 집어넣고 소리쳤다.

세 사람은 소리가 난 샤워칸을 지켜보고 있었다. 조금 뒤 문이 열리고 아한이 걸어나왔다.

"나다! 더럽게 시끄럽네!" 아한이 축축한 수건으로 머리를 닦으며 말했다.

"야, 간 떨어질 뻔했잖아!" 다바가 살았다는 듯 한숨을 내쉬었다.

라오페이가 몽둥이를 아한에게 건네며 재촉했다. "아한, 네 차례다. 조져버려!"

아한은 거절했다. "됐어! 교관한테 찌르면 어쩌게?"

"못 찔러!" 다바가 후배에게 침을 칵 뱉었다.

"저 새끼가 샤워할 때마다 다바 걸 훔쳐본다니까, 역겨운 놈! 변태 새끼!" 라오페이가 몽둥이를 억지로 아한 손에 쥐여주었다. "몇 대 패줘, 얼른!"

아한은 후배를 때릴 마음이 전혀 없었다. 아한이 손에 든 몽둥이를 보며 머뭇거리자 솨이지가 몽둥이를 낚아채 바닥에 쓰러져 있는 후배를 내리쳤다. 또 치려고 솨이지가 몽둥이를 쳐드는 순간, 아한이 소리쳤다. "잠깐!"

솨이지가 아한에게 몽둥이를 건네주었다.

"쳐!"

"빨리!"

"저런 변태 새끼는 확 조져야 돼!"

셋이 번갈아 다그치자 아한은 망설이다가 천천히 몽둥이를 치켜들었다. 바닥에 쓰러진 후배의 눈에는 두려움이 가득했다.

"칵! 저런 변태 새끼는 제대로 손봐줘야 돼. 안 그러면 더 심해져서 다들 저 새끼처럼 동성애를 하게 된다고." 다바가 옆에서 말했다.

바닥에 쓰러져 있던 후배가 도발적으로 씩 웃으며 입가에 흐르는 피를 닦았다. 그리고 다바를 똑바로 쳐다보며 말했다. "그래, 실컷 패요! 피가 철철 날 때까지. 그러면 내 몸에 있는 독이 선배들한테 튀어서 다 동성애자가 될 테니까!"

다바, 라오페이, 솨이지는 얼굴에서 웃음기가 싹 사라지며 그대로 얼어붙었다. 아한은 몽둥이를 높이 쳐든 채 이러지도 저러지도 못하고 있었다.

그때였다. 저쪽 샤워칸에서 쾅 하고 문이 열리더니 옷을 다 입은 버디가 튀어나왔다. 후배를 일으켜세운 버디는 멍청히 서 있는 무리를 뒤로하고 순식간에 사라졌다.

아한이 몽둥이를 내려놓았다. 겨우 숨통이 트였다.

"저 새끼 뭐야?" 라오페이가 물었다.

"어느 칸에서 튀어나왔지?" 다바가 아한을 노려보았다. "장자한, 너 저 새끼랑 같이 있었냐?"

아한은 순간 당황했지만 다바 무리에게 솔직히 말하고 싶지 않아 얼른 둘러댔다. "아니야. 저 자식이 어디서 튀어나왔는지 난들 아냐? 워워, 너무 늦었어. 가서 잠이나 자자." 아한은 몽둥이를 솨이지에게 넘기고 서둘러 샤워장을 빠져나갔다.

*

기숙사 방안에 코 고는 소리가 요란했다.

아한도 침대에 누워 있었지만 방금 샤워장에서 일어났던 일이 머릿속을 맴돌아 잠을 이루지 못했다.

아는 후배였다. 올해 관악부에 새로 들어온 후배.

다바 무리 말에 따르면, 그 후배는…… 남자한테 관심이 있다고? 남자를 좋아한다?

아한은 지금까지 자신의 욕망에 대해 제대로 생각해본 적이 없었다. 그런데 순간 저도 모르게 버디가 팬티만 걸치고 있던 모습이 떠올랐다.

자신의 손이 차가운 수영장 물속에서 버디의 뜨거운 피부에 닿았을 때의 느낌도.

여태껏 아한은 여자에게 별 관심이 없었다. 적어도 다바 패거리처럼 여자를 어떻게 해보려는 생각만 머릿속에 꽉 차 있진 않았다. 아한은 그 이유가 남학교에 다니고 또 부모님도 한눈팔지 말고 공부만 열심히 하라고 하니까 그런 거라고 여겼었다. 아한도 당연히 그래야겠거니 싶어 연애할 생각은 해보지도 않았다.

연애 같은 일은, 아한에게는 머나먼 세상이었다.

그런데…… 지금 아한은 가슴이 어렴풋이 두근거리며 어떤 화학작용이 일어나는 것을 느끼고 있었다.

바깥에서 한줄기 불빛이 비쳤다. 사감이 손전등을 들고 기숙사를 순찰하고 있었다. 방안으로 들어온 불빛이 여기저기 비추다가 아한의 얼굴을 훑고 지나갔다.

사감이 가버렸다.

그런데 사감 뒤에 숨어 있던 웬 그림자가 방으로 들어오는 게 아닌가!

아한의 이불이 확 젖혀졌다. 아한은 식겁해서 소리를 지를 뻔했다!

"뭐 하러 왔어?" 아한이 낮은 소리로 물었다.

버디가 침대로 스르르 들어와 아한의 등뒤에 눕더니 아한을 껴안았다.

아한은 얼른 주위를 둘러보았다. 다른 녀석들은 죽은 듯 잠들어 있었다. 마음이 놓인 아한이 버디를 돌아보았다. 버디도 빙그레 웃으며 아한을 보고 있었다.

둘의 온기가 포개졌다.

따뜻하고 달콤하고…… 아한은 뭐라 표현할 수 없는 느낌에 휩싸였다.

그저 기분이 아주 좋았다.

"너무 추워서! 넌 뭔 생각하느라 아직도 안 자?" 버디가 물었다.

아한이 소리를 낮춰 말했다. "너 아까 후배 데리고 그렇게 나가더니, 재들이 시비 걸면 어쩌려고?"

버디는 대답하지 않았지만 다른 녀석들에게 들킬까 겁이 나는지 이불 속으로 더 깊이 파고들었다.

그러더니 웬 봉지 하나를 꺼내 보물 바치듯 아한의 코앞에 내밀었다. "자!"

껍데기를 까지 않은 호두 한 봉지였다.

버디가 한 알을 집어 손바닥에 놓고 두 손으로 힘껏 눌렀다. 따닥 하며 껍데기가 깨졌다. 버디는 고소한 냄새가 나는 알맹이를 골라 아한의 입에 넣어주었다.

"어디서 났어?" 아한이 웃으며 호두를 삼켰다.

호두 껍데기를 계속 까면서 버디가 말했다. "사감 사무실."

아한은 입속에 있던 호두를 뱉을 뻔했다.

"너 제정신이……" 말이 끝나기도 전에 버디가 호두알을 또 하나 입속으로 밀어넣었다.

태평스레 웃는 버디를 보면서 아한은 불안하게 호두알을 삼켰다.

버디는 아한에게 계속 호두를 까 먹이면서 자기 입에도 어쩌다 하나씩 집어넣었다.

그저 아한을 배불리 먹이려고 찾아온 것 같았다.

따닥, 따닥, 따닥.

호두 껍데기가 하나씩 깨질 때마다 아한은 명치를 꼬집히는 것처럼 가슴이 따끔따끔했다.

아한은 자신이 버디와 같이 있는 걸 정말로 좋아한다는 사실을 깨달았다.

그 '좋아한다'는 감정이 지금까지 알던 것과는 뭔가 다른 마음이었지만, 그때 아한은 분명히 알아차리지 못했다. 그저 단순히 자신과 버디가 특별히 죽이 잘 맞는 친구이며 이 특별한 '우정'을 한껏 즐기고 있을 뿐이라고 여겼다.

*

다음날 밤, 버디가 또 몰래 찾아와 아한을 데리고 밖으로 나갔다.

아한은 마음이 놓이지 않아 뭐 하려는 거냐고 연신 물었지만 버디는 음흉한 미소만 지을 뿐 아무 말도 하지 않았다.

버디가 사감의 차를 찾아냈다. 환기하느라 차창을 살짝 열어 놓은 것을 본 버디는 얼른 아한에게 쓰레기통을 가져다 차창 옆에 놔달라고 손짓했다.

도대체 무슨 꿍꿍이인지 아한은 알 수가 없었다.

버디가 쓰레기통을 밟고 올라가 차창 옆에 섰다. 그러고는 바지를 내리고 창문 틈으로 오줌을 갈기는 것이 아닌가!

아한은 눈이 휘둥그레졌다.

진짜 막가는 놈이잖아!

내일 아침 해가 뜨면 지린내가 진동하겠는데. 한 달은 가겠어!

어떻게 저렇게 간덩이가 부었지? 완전 미친놈 아냐!

아한은 누가 볼까봐 초조하게 주위를 살폈다.

목적을 달성한 버디는 우쭐거리며 뛰어내리더니 쓰레기통을 뒤로 뻥 차버렸다. 그리고 아한과 함께 기숙사로 유유히 돌아갔다.

*

기말고사가 코앞으로 다가왔다.

수업시간, 물리 쪽지시험지를 펼쳐본 아한의 얼굴이 우그러졌다.

7점.

교탁 앞에서 선생님이 뭐라고 하는지 하나도 귀에 들어오지

앉았다. 시험지만 뚫어져라 들여다볼 뿐이었다.

물리뿐 아니라 화학 점수도 꾸준히 한 자릿수 점수를 받으며 바닥을 기고 있었다. 이 상태로는 낙제 아니면 문과로 가야 할 판이었다. 뭐가 됐든 부모님이 반길 턱이 없었다.

아한에게는 일곱 살 위인 형이 있었다. 형은 벌써 대학을 졸업하고 일을 하고 있었다. 여자친구도 있으니 곧 결혼해서 독립할 터였다. 엄마는 성적 때문에 속상해도 아한에게 부담을 주진 않았다. 하지만 아버지는……

아한의 얼굴이 더욱 구겨졌다.

"아한."

버디 목소리였다. 아한이 정신을 차리고 돌아보니 버디가 교실 뒷문에 쪼그려앉아 빨리 나오라고 손짓하고 있었다.

아한은 굳은 얼굴로 고개를 저었다.

지금은 수업시간이잖아!

저 녀석, 수업은 어쩌고 여기 온 거야?

선생님이 칠판을 향해 돌아서자 버디가 교실로 살그머니 들어와 아한을 끌고 나가려 했다.

어쩔 수 없이 버디를 따라가는 아한을 다바가 지켜보고 있었다.

다바가 눈짓을 하자 라오페이와 솨이지가 동시에 그쪽을 돌아보았다. 버디가 아한의 손을 잡아끌고 잽싸게 교실을 빠져나가고 있었다.

*

버디는 담벼락 아래로 아한을 데려갔다. 그리고 얼른 담장 위로 올라가라고 재촉하더니 자기도 뒤따라 올라갔다. 때마침 사감이 어젯밤 버디가 오줌을 갈겨놓은 차로 걸어가고 있었다.

사감이 차문을 열고 차에 올라타는가 싶더니 후다닥 튀어나왔다.

아한과 버디는 마주보며 낄낄거렸다. 작전 성공.

씩씩거리며 어디론가 사라졌던 사감이 물통과 솔을 들고서 돌아왔다. 고래고래 욕을 하며 벅벅 차를 닦는 꼴이 참으로 가관이었다.

담장에서 뛰어내린 버디가 배를 잡고 미친듯이 웃어댔다.

아한도 덩달아 웃음을 터뜨렸다.

이런 미친 짓을 생각해내는 사람은 버디밖에 없을 것이다!

웃을 만큼 웃고 나자 버디는 모퉁이에 쭈그려앉아 종이비행기를 접기 시작했다.

버디가 다 접은 종이비행기를 아한에게 건네주었다. 그리고 담장 너머를 바라보며 말했다. "날려버려!"

아한은 순순히 담장 위에 올라가 종이비행기를 힘껏 날렸다.

"그런데 갑자기 왜 나더러 종이비행기를 날리라는 거야?" 아한이 물었다.

그러고 보니 종이가 어디서 났을까?

아니나 다를까, 버디가 키득키득 웃고 있었다. "네 물리 시험지야. 내가 슬쩍했지."

아한은 허둥지둥 담을 넘어 시험지를 쫓아갔다.

아한의 뒷모습을 보며 버디는 더욱 즐겁게 웃었다.

*

그날 밤, 잠결에 몸을 뒤척이던 아한은 옆에 누가 있는 걸 알아차렸다.

이 시간에 그의 침대에 올 사람은 그 녀석밖에 없다.

별로 놀랄 것도 없었으므로, 아한이 게슴츠레 눈을 뜨고 물었다. "넌 침대가 없냐? 왜 자꾸 내 침대에 기어들어?"

버디가 좀 흥분한 목소리로 종이 한 장을 들이밀었다. "자!"

"뭔데?" 아한이 종이를 받아들었지만 깜깜해서 뭐라고 씌어 있는지 보이지가 않았다.

"기말고사 물리 시험지."

아한은 잠이 확 깼다.

"어디서 났어?" 아한이 가만히 물었다.

"교무실에서 훔쳐왔지. 환기창으로 들어가서 파지 더미에서 찾아냈어. 고2 이과 시험지 맞을걸." 버디가 대답했다.

"그러니까…… 나 주려고 훔친 거야?" 아한이 조심스레 물었다.

버디가 아한을 바라보며 말했다. "그럼 왜 훔치겠냐?"

아한은 살짝 감동했다.

하지만 부정행위가 아닌가?

"난 좀 잘란다." 버디가 이불 속으로 비집고 들어와 아한 곁에 누웠다. "한번 훑어봐. 그게 아니면 다시 가서 다른 걸로 훔쳐다 줄게." 말을 마친 버디는 눈을 감고 금세 잠이 들었다.

어둠 속, 코앞에서 자고 있는 버디의 조각 같은 얼굴을 보며 아한은 또 한번 가슴이 이상하게 간질거렸다.

순간 아한은 어이없는 충동을 느꼈다. 버디의 짙고 아름다운 눈썹을 어루만지고 싶은 충동을.

*

아한이 자신이 진짜로 버디를 좋아한다는 걸 깨달은 것은 타이베이에 가서였다.

2학기가 시작되고 얼마 뒤, 교장이 국기 게양식에서 장징궈* 총통의 서거 소식을 알렸다.

학교는 담장을 굳게 둘러치고 바깥의 현실로부터 아이들을 보호했다. 아이들은 바깥세상에서 어떤 천지개벽이 일어나고 있는지 전혀 알지 못했다.

아이들도 계엄이 해제됐다는 소식을 뉴스에서 보았고 국가 지도자가 죽었다는 사실도 교장이 말하기 전부터 많이들 알고 있었다. 하지만 텔레비전이나 신문에 나오는 사건은 자기들과는 동떨어진 일이었다. 현실이 아닌 것처럼 느껴질 정도였다.

차가운 바람 속에서 국기 게양식이 진행되는 가운데 교장이 비통하게 말했다. "……애도를 표하는 의미에서, 오늘부터 학교에서는 일주일간 조기를 게양하겠습니다. 그리고 우리 학교에서도 타이베이로 참배하러 갈 대표자를 뽑도록 하겠습니다. 모두

---

* 장제스의 장남으로 1978년부터 1988년 사망할 때까지 중화민국 6, 7대 총통을 지냈다. 1987년 7월 14일, 장징궈 정부는 38년 만에 계엄령을 해제했다.

들 1분간 묵념."

운동장에 선 학생들은 눈을 감기도 하고 고개를 숙이기도 하며 저마다 숙연한 자세를 취했다.

아한이 버디 쪽으로 살그머니 고개를 돌렸다. 아한과 버디의 눈이 마주쳤다.

버디가 눈짓을 하자 아한은 회심의 미소를 지었다.

그걸로 둘은 서로의 속내를 즉각 알아차렸다.

떳떳하게 학교를 벗어나 번화한 도시 타이베이로 가서 세상 구경을 할 수 있다. 이보다 더 좋은 기회가 어디 있을까?

*

기차가 천천히, 규칙적으로 덜컹거리며 타이베이를 향해 달리고 있었다. 흔들리는 기차 속에서 승객들은 하나둘씩 꿈나라로 빠져들었다.

아한도 버디 어깨에 기댄 채 잠들어 있었다. 차창 밖에서 눈부신 햇살이 비쳐들며 두 사람의 얼굴을 훑고 지나가곤 했다.

버디는 웃음을 머금은 얼굴로 창밖을 내다보다가 아한을 보다가 하고 있었다.

버디가 갑자기 아한을 흔들어 깨우며 흥분해서 소리쳤다. "타이베이야!"

"다 왔어?" 아한이 눈을 비비며 물었다.

"저기 봐! 중화상창*이야!" 버디가 창밖을 가리키며 소리쳤다. 노란 바탕에 붉은 글자로 '맛의 천국'이라고 씌어 있는 커다란 간판이 눈길을 끌었다. 그 옆은 인파와 차량 행렬이 끊이지 않는 타이베이 최고의 번화가 시먼딩이었다.

철로 된 책문柵門을 하나 통과하고 얼마 뒤, 타이베이에 곧 도착한다는 안내방송이 흘러나왔다. 기차 속도가 천천히 줄었다. 타이베이에 처음 와보는 아한과 버디는 호기심과 흥분으로 눈을 빛내며 창가에 매달려 있었다.

기차에서 내린 둘은 충렬사**에 가려고 택시를 탔다. 타이베이의 택시는 정찰제가 아니라 미터기로 요금을 계산하는 것이었다. 아한은 살짝 긴장한 얼굴로 주머니에서 돈을 꺼냈다. 택시비가 모자랄까 걱정스러워 버디에게도 돈을 꺼내보라고 했다.

---

* 1961년에 지어진 상가 건물로 총 여덟 동이 육교로 이어져 있다. 타이베이의 랜드마크였지만 도시 재개발로 1992년에 철거되었다.

** 정식 명칭은 '국민혁명충렬사'. 타이완이 겪은 여러 전쟁과 혁명 중에 순국한 선열을 기리는 국립묘지로 1969년에 세워졌다.

다행히 충렬사는 아주 가까웠고 택시비도 예산을 넘지 않았다.

충렬사 바깥은 이미 인산인해였다. 인파의 끝이 어디인지 보이지도 않았다. 택시에서 내린 아한과 버디는 교복이 보이게끔 겉옷을 벗어 들고 기나긴 행렬을 따라 한참을 걸었다. 중간중간 헌병이 서서 군중을 지휘하고 통제하고 있었다. 참배하러 온 사람들은 모두 비통하기 그지없는 얼굴이었다. 무릎을 꿇고 통곡하는 사람이 있는가 하면 울다가 혼절한 사람까지 있었다. 아한과 버디도 얼른 슬픈 표정으로 흑흑 흐느꼈다. 버디는 한술 더 떠 눈물까지 몇 방울 짜냈다.

입구에 있는 등록처로 가자 경찰이 막아서며 물었다. "어느 학교에서 왔나?"

"저희는 베르테르고등학교 대표입니다, 타이중에서 왔어요!" 아한이 말했다.

버디가 가방에서 재빨리 커다란 현수막을 꺼내서 펼쳤다. 하얀 바탕에 검은 글씨로 커다랗게 '지도자를 추모하며. 베르테르 고등학교 대표'라고 씌어 있었다.

경찰이 고개를 끄덕이자 한쪽에 있던 직원이 검은 띠 두 개를 두 사람에게 건네며 팔뚝에 두르라고 했다. 국가 지도자가 서거

했을 때 애도를 표하는 상장喪章이었다.

상장을 두른 아한과 버디가 현수막을 양쪽에서 붙잡고 참배 행렬을 따라가려 하는데 경찰이 소리쳤다. "어이! 새치기하지 말고! 맨 뒤로 가서 줄 서!"

아한은 고개를 끄덕이고 버디와 함께 한쪽으로 물러섰다. 행렬의 끝이 어디인지 찾아보았지만 도무지 끝이 보이지 않았다.

"어떡하냐? 맨 뒤로 갔다간 깜깜해질 때까지 못하겠는데." 아한이 말했다.

"성의를 보이면 되는 거야!" 버디가 현수막을 접으며 말했다. "우린 여기서 참배하자."

일리 있는 말이었다. 아한은 얼른 눈을 감고 두 손을 깍지 끼고 낮은 목소리로 기도하기 시작했다. "전능하신 하느님 아버지, 우리를 굽어살피시듯 총통님도 살펴주소서. 총통님은 위대한 분이니까요. 어떤 점이 위대한지는 잘 모르겠지만 아무튼 좋은 분이었을 거예요. 다들 총통님을 좋아했으니까요……"

버디도 옆에서 두 손을 모으고 말했다. "총통님, 감사합니다. 하루빨리 극락왕생하세요. 성불하세요!"

"……주님께서 보우하사 총통님이 천국에 가게 해주소서. 근심도 고통도 없는 주님 곁에서 쉬게 하소서. 아멘!"

중국식과 서양식이 뒤섞인 기도가 끝났다.

"좋았어, 참배 끝!" 버디가 말했다.

"이제 뭐 할까?" 아한이 물었다.

"여기서 꾸물거릴 순 없지!" 말을 마친 버디는 아한을 잡아끌고 뛰기 시작했다.

끝이 보이지 않는 참배 행렬과 슬픔에 잠긴 얼굴들을 보며 아한은 이런 생각이 들었다. 어느 날 내가 죽는다면? 누군가 날 위해 저렇게 슬퍼해줄까?

햇살 아래 빛나는 버디의 웃는 얼굴을 보며 아한은 문득 이렇게 묻고 싶었다. 내가 죽으면 너도 슬플까?

여기 있는 사람들처럼 저렇게 넋이 나갈 만큼 슬플까?

아한은 거의 입 밖으로 나오려던 말을 삼켰다.

이것만은 잘 알고 있었다. 버디가 이 세상에 없는 날이 온다면 자신은 정말로, 너무나도 슬프리라는 사실을.

*

어렵사리 타이베이에 왔으니 여기저기 구경하는 것이 당연지사. 둘은 겉옷을 다시 걸쳤다. 타이베이의 모든 것이 너무나 궁금했다. 특히 버디는 눈에 들어오는 것마다 다가가서 자세히 살피고 만져보았다.

육교 위로 올라가자 수많은 노점이 늘어서 있었다. 시끌벅적하고 활기가 넘치는 분위기였다. 마술 공연이 벌어지는가 하면 장난감 가판대와 옷가게도 잔뜩 있었다. 아한은 쪼그려앉아서 옷 한 벌을 들고 이리저리 살펴보았다. 이런 화려한 무늬가 타이베이 스타일인가?

아코디언을 연주하는 외국인 악사도 있었다. 아한과 버디가 한번도 들어보지 못한 이국적인 가락이었다.

익숙한 소시지 냄새도 풍겨왔다. 열여덟 남자애들의 배는 밑 빠진 독과 같았다. 맛있는 냄새가 코를 찌르자 더욱 배가 고파진 둘은 냄새를 따라 나아갔다.

소시지 가게를 찾아내기에 앞서 웨딩드레스를 입은 여윈 남자가 눈에 띄었다. 남자는 "결혼은 모든 이의 권리다! 동성애는 병이 아니다!"라는 피켓을 들고 육교 끄트머리에 서 있었다.

남자 곁을 지나가는 사람들의 눈빛에는 갖가지 감정이 담겨 있었다. 호기심, 두려움, 가장 많은 것은 경멸이었다.

그 남자는 사람들과 눈이 마주칠 때마다 상냥한 미소를 지었다.

"저 사람 남자지?" 아한이 가만히 물었다.

"왜 저렇게 입고 있지?" 버디도 눈이 휘둥그레져서는 가까이 가서 자세히 보려 했다. 그때 남자의 뒤쪽으로 사람들이 다가왔다. 분위기가 심상치 않아 아한은 얼른 버디를 붙잡았다.

남자를 억지로 쫓아내려던 그들은 남자가 말을 듣지 않자 힘으로 끌어내기 시작했다. 결국 남자는 웨딩드레스까지 찢기며 난폭하게 끌려갔고 사람들은 한쪽에 서서 떠들썩하게 구경했다. 심지어 낄낄대며 웃는 사람도 있었다.

"동성애가 웬 말이래……"

"멀찍이 떨어져! 에이즈 걸린 놈일지도 몰라……"

아한과 버디의 귀에 이런 말들이 들려왔다.

분노를 못 참고 남자를 도우러 뛰쳐나가려던 버디가 아한에게 다시 꽉 붙잡혔다.

"무슨 짓이에요? 경찰 부를 거예요!" 버디가 소리쳤다.

아한은 버디의 고개를 잡아 돌리며 옆을 보게 했다. 경찰 두 명이 희미한 미소를 띤 채 수수방관하고 있었다.

격분한 버디는 경찰에게까지 달려들려 했다. 아한은 온 힘을 다해 버디를 붙잡았다. 버디의 몸이 또 부들부들 떨렸다.

그때 샤워장에서처럼.

아한은 이런 상황을 보면 버디가 유난히 충동적이 되어 물불 가리지 않고 달려든다는 걸 알아차렸다.

왜일까?

3
욕망

수중에 남은 돈이 얼마 없었다. 둘은 시먼딩의 비디오방에서 오후를 보내기로 했다.

아한은 〈버디〉를 골랐다.

버디가 이 영화를 그토록 좋아하는 이유를 알고 싶었다.

영화 속, 주인공인 버디라는 청년은 부끄럼이 많고 내성적인 성격이었다. 새에 미쳐 있던 그는 새처럼 날고 싶어서 온갖 방법을 연구했다. 버디는 우연한 기회에 밝고 활달한 알을 알게 되는데, 그때부터 알은 좋은 친구가 되어 버디가 무슨 미친 짓을 하든 그의 곁을 지켰다. 그러다 베트남전이 일어나고 버디가 먼저 전선으로 가게 됐다. 섬세하고 예민한 버디는 전쟁의 참상을 겪으며 무너져버린다. 실어증으로 인해 자립해서 살아갈 수 없게 되고 병원으로 보내져 병실에 갇혔다.

버디는 작은 방에서 입을 꾹 다문 채 온종일 새처럼 웅크리고만 있었다. 침대 난간에 쪼그려앉아 창밖의 푸르른 하늘만 바라보면서.

병원에서는 버디가 누군가와 이야기를 나누다보면 정상으로 돌아올 수도 있다고 생각해 알을 부른다. 알이라면 버디를 도와 사회로 복귀시킬 수 있지 않을까. 알도 베트남전에 참전했다가 잘생긴 얼굴에 중상을 입은 상태다. 다시 만난 두 친구는 옛 추억에 흠뻑 젖어든다. 알은 버디를 회복시키려고 갖은 애를 쓰지만, 결국 버디가 단 한 가지 몽상에 빠져 있다는 사실을 깨닫는다. 버디는 한 마리 새가 되고 싶었다. 굳게 잠긴 새장을 빠져나가 자유로이 날고 싶었다……

영화에서는 새처럼 침대 난간에 홀로 웅크린 버디의 벌거벗은 몸 위로 빛과 그림자가 신비로이 교차했다. 세상 사람 누구도 버디를 진정으로 이해하지 못했다. 다들 버디를 가두려고만 할 뿐 자유로이 놔주려 하지 않았다.

영화 전반부는 두 청년이 여기저기 쏘다니며 소동을 벌이는 내용이었다. 버디는 늘 앞장서서 종잡을 수 없는 미친 짓을 벌이고 알은 한숨을 쉬면서도 버디와 함께한다. 자신과 버디의 일상을 보는 것만 같아서 아한은 자꾸만 웃음이 나왔다.

영화의 클라이맥스, 버디는 병원에 갇혀 있다. 휘날리던 머리칼은 바짝 깎이고 생기 넘치던 눈은 텅 비었다. 영혼이 죽어버린 듯한 버디. 오직 창밖을 바라볼 때만 겨우 살아 있는 사람 같다.

그런 버디를 보고 괴로움과 자책감에 시달리는 알. 알은 버디 곁에 남아 버디를 정성껏 보살피기로 한다.

버디를 바라보는 알의 눈빛이 너무나도 애틋했다.

아한은 지금껏 한번도 그런 눈빛을 본 적이 없었다.

영화 속 알과 버디는 그저 좋은 친구일까?

아한은 푹신한 소파에 파묻힌 버디를 돌아보았다. 언제부터였는지 버디는 두 눈을 감고 있었다.

"버디?" 아한은 볼륨을 낮추며 버디를 나지막이 불렀다.

잠들었나?

"피곤하냐?" 아한이 물었다.

얼마간 아무 대답도 없던 버디가 불쑥 물었다. "만약에, 어느 날 내가 죽으면 말이야, 슬플 것 같아?"

아한은 순간 머리가 띵했다. 당황한 아한이 아무 말이나 대충 내뱉었다. "뭔 소리야? 네 대가리엔 대체 뭐가 들었냐?"

"만약이라고 했잖아, 상상력을 좀 발휘하라고!" 그러더니 버디는 입을 꾹 다물고 죽은 척을 했다.

아한은 한참을 외면하고 있다가 겨우 버디를 돌아보았다.

"버디?"

대답이 없었다.

아한은 버디의 얼굴을 가만히 들여다보았다. 눈앞에 있는 이 녀석이 죽는다면, 더이상 같이 장난도 못 치고 이야기도 못 나눈다면, 이 녀석이 깊은 땅속에 묻힌다면, 그래서 다시는 만날 수 없게 된다면…… 이리저리 생각하다보니 갑자기 슬픔이 밀려들었다. 눈앞이 흐려지는 것을 느낀 아한은 눈을 비볐다. 눈가가 촉촉이 젖어 있었다.

아한의 상상 속에서 버디가 없는 세상은 너무나도 슬펐다.

아한은 영화 속의 알처럼 버디를 품에 안고 말하고 싶었다. 네가 없으면 안 된다고.

갑자기 낮게 코 고는 소리가 들려왔다. 아한은 어처구니가 없었다.

"일어나! 자면 어떡해! 이 영화 엄청 좋아한다며!" 아한이 버디를 흔들어 깨웠다.

눈을 비비고 일어나 앉은 버디가 다시 영화를 보기 시작했다.

그러면서 아한 쪽으로 몸이 점점 기우는가 싶더니 아예 아한에게 푹 기대버렸다.

아한의 심장이 세차게 방망이질했다.

버디는 아한을 떠보는 걸까, 아니면 진짜로 피곤한 걸까?

아한은 영화에 집중할 수가 없어 무시로 버디를 흘끗거렸다. 화면 속에서 새들이 퍼덕퍼덕 날갯짓하는 소리가 들려오자 버디의 얼굴에도 빛과 그림자가 교차했다.

참으로 보기 좋은 얼굴이었다.

게다가 이런 각도에서는 버디의 긴 속눈썹이 살며시 떨리는 것까지 볼 수 있었다.

버디의 눈이 깜빡깜빡거리더니 정말 피곤한 듯 스르르 감겼다.

볼륨을 낮추지 않았는데도 이상하게 아한의 귀에는 버디의 심장 소리만 또렷하게 들렸다.

심지어 버디의 숨소리까지 들리는 듯했다.

천천히 아한의 품으로 파고들며 버디는 깊이 잠들어버렸다.

아한은 버디가 깰까봐 영화가 끝날 때까지 자세를 유지했다.

화면이 멈췄다.

문에 난 작은 창으로 희미한 빛이 비쳐들 뿐 실내는 어둠에 휩싸였다.

어슴푸레한 버디의 얼굴을 보며 아한은 몸이 뜨거워지는 느낌이었다. 무슨 생각에서 그런 걸까, 퍼뜩 정신을 차려보니 이미 버디의 입술에 입을 맞춘 뒤였다.

아한의 첫 키스.

버디의 입술은 건조하고 뜨거웠다. 그리고 뜻밖에도 부드러웠다.

아한은 불안한 눈으로 버디를 바라보았다. 버디는 여전히 잠에 푹 빠져 있었다. 아한은 겨우 마음이 놓였다.

버디의 속눈썹이 살며시 떨리는 것을 아한은 눈치채지 못했다.

*

영화를 보고 나자 돈이 얼마 남지 않았다. 여관비가 모자라서 둘은 길거리에서 적당히 하룻밤을 보내다 새벽 기차를 타고 타이중으로 돌아가기로 했다.

차가운 밤, 둘은 타이베이 둥취의 달빛 아래 웅크리고 있었다. 갑자기 버디가 밑도 끝도 없는 질문을 했다. "그 둘은 우정이었을까?"

잠깐 어리둥절했던 아한은 영화 속 두 인물 얘기라는 걸 알아차렸다.

아한은 이리저리 생각하다 조심스레 말했다. "우정이지! 나중엔 친형제처럼 아주 가까운 사이가 되겠지?"

"사랑일 순 없나?" 버디가 아한을 돌아보며 싱긋 웃었다.

"둘이 키스도 안 하고 아무것도 안 했잖아. 어떻게 사랑이야?" 아한은 켕기는 데가 있었다.

그럼 키스하면, 그게 바로 사랑일까?

아한은 어둠 속에서 버디에게 했던 입맞춤을 떠올렸다.

버디에게 키스하고 싶어졌던 건…… 사랑이라서?

그럼 난…… 버디를 좋아하는 걸까?

내가 진짜 남자를 좋아하는 걸까?

아주 오래전, 아한에게는 자기 성향을 어렴풋이 깨닫게 되었던 일이 있었다. 누구에게 말한 적도 없고 알아차린 사람도 없었다. 버디를 만나기 전까지는.

그렇다면 버디는?

버디도 날 좋아할까?

아한은 이런 생각을 하며 버디를 곁눈질했다. 그런데 버디는 저쪽으로 성큼성큼 걸어가더니 술집 입구에 있는 주크박스 앞에 섰다.

"너 싼마오* 책 봤냐?" 버디가 주크박스를 이리저리 살펴보면서 물었다.

아닌 밤중에 홍두깨 같은 질문에 아한은 이미 익숙해져 있었다.

아한이 고개를 끄덕였다.

"싼마오 책에 이런 말이 나오잖아. '당신이 다른 사람하고 똑같은 걸 나에게 준다면 난 받지 않겠어!'" 그러면서 버디는 주크박스 노래 목록을 죽 훑어보았다.

아한은 그 말의 의미를 곰곰이 생각해보았다.

버디가 왜 이 구절을 자신에게 말해주는 걸까?

다른 사람하고 똑같은 걸 나에게 준다면 난 받지 않겠어!

그러니까 세상에 단 하나뿐인 것, 누가 가진 것과도 다른 걸 원한다는 거잖아.

오롯이 나 혼자 독점하고 싶은 것, 그게 뭐지?

"사랑을 말하는 건가?" 아한은 저도 모르게 이렇게 말했다.

버디가 아한을 보며 빙그레 웃었다. "그치! 사랑은 어떤 걸로도 대체 불가잖아."

---

* 자유롭고도 우수어린 작품으로 1970~80년대 타이완에서 선풍적인 인기를 누린 작가. 중국 현대문학을 대표하는 작가로 자리매김했다.

"그럼 영화 속 그 두 사람, 사랑인가?" 그래도 아한은 알쏭달쏭했다.

"당연하지!" 버디가 단언했다.

"네가 어떻게 알아? 연애는 해봤냐?" 아한은 괜스레 질투심이 일어 이런 질문을 던졌다.

고개를 흔드는 버디를 보자 마음이 놓인 걸까, 아한의 입에서 깊은 한숨이 흘러나왔다.

"이 세상엔 날 이해해주는 사람이 아무도 없어." 버디가 과장스럽게 한탄했다.

"내가 이해하잖아! 영화 속 버디한테는 알이 있잖아? 내가 너의 알이라구!"

버디가 피식 웃더니 아한을 바라보며 말했다. "바보!"

"이 새끼가, 바보는 너지!" 아한이 받아쳤다.

버디가 주머니에서 동전을 꺼내 주크박스에 넣었다. "노래 한 곡 들려줄게!"

기계가 돌아가며 음악이 흘러나왔다. 우수어린 멜로디인데 노래하는 목소리는 뜻밖에도 앳된 남자였다.

이 세상에는 희망도 있고 실망도 있지

내 생각은 그래

이 세상에는 기쁨도 있고 슬픔도 있어
누구나 다 그래

아한은 조용히 귀를 기울이며 버디가 왜 이 노래를 들려주는지 생각했다.

우리의 세상은 네 말처럼 그렇게 나쁘지 않아
그러니 한숨 쉬지 마
네 관심과 사랑으로
이 세상을 아름답게 칠하면 돼……

아주 단순하고 쉬운 가사였다. 노래하는 사람이 품은 생각을 단번에 이해할 수 있었다.

"제목이 뭐야? 누구 노래야?" 아한이 물었다.

"〈이 세상〉. 차이란친 노래야." 버디가 말했다.

"노래 되게 좋은데." 아한이 말했다.

"죽었어." 버디가 말했다.

아한이 놀라서 물었다. "누가 죽었어?"

"차이란친이!"

"목소리가 저렇게 젊은데? 왜 죽었어? 자살했나?" 아한은 믿기지 않았다.

버디는 어깨를 으쓱할 뿐 대답하지 않았다.

나중에 아한은 차이란친이 첫 음반을 완성하고 일주일 뒤에 심장마비로 죽었다는 사실을 알았다.

겨우 스물두 살에.

〈이 세상〉은 그의 처음이자 마지막 음반에 담긴 노래였다.

버디가 주머니에서 담뱃갑을 꺼내 두 개비를 뽑아서 아한에게 하나를 건넸다.

둘은 주크박스 옆에 앉아 마음껏 연기를 내뿜었다.

학교 밖은 참으로 멋진 세상이었다. 무슨 짓을 해도 간섭하는 사람이 없었다. 얼마나 자유로운지!

담배를 문 버디가 꿈꾸는 눈빛으로 하늘을 쳐다보았다. "작년에 전 세계 인구가 50억이 넘었다는 거 아냐? 성경에서는 원래 아담과 이브밖에 없었댔잖아. 두 사람에서 눈 깜짝할 사이에 이렇게 어마무시하게 늘다니!"

아한도 담배를 문 채 버디의 시선을 따라 밤하늘을 올려다보았다.

별이 총총했다.

아한이 감상에 젖어 말했다. "하느님도 처음에는 이렇게 많은 사람을 원치 않으셨겠지? 사실 이 세상에 사람이 이렇게 많을 필요가 전혀 없는데."

버디가 말을 받았다. "그러게. 어쩔 땐 나도 괜히 태어난 것 같아. '너 같은 놈 괜히 키웠어! 태어나자마자 목 졸라 죽여버릴 걸!' 우리 아버지가 맨날 하는 말이야."

버디의 목소리는 담담했다. 하지만 아한은 버디의 입가에 늘 걸려 있던 웃음이 사라진 걸 눈치챘다.

아한은 이렇게 소리칠 뻔했다. 아니야, 넌 절대로 괜히 태어난 게 아냐!

적어도 아한에게는, 버디는 결코 쓸데없는 사람이 아니었다.

아한은 이 세상에 감사하고 싶은 지경이었다. 버디를 자기 앞에 보내주다니.

하지만 이런 말을 입 밖에 낼 수는 없었다.

"그럼 우린 나중에 애 낳지 말자. 지금도 심하게 많잖아." 마음속에 떠오른 생각을 감추려고 아한이 일부러 장난스럽게 말했다.

그건, 거의 고백과도 같은 생각이었다.

버디가 웃음을 터뜨리며 아한에게 담배 연기를 뿜었다. “미친 새끼, 너랑 난 낳고 싶어도 못 낳는다.”

오랜 세월이 지나 이 장면을 떠올리며 아한은 퍼뜩 깨달았다. 고백을 받은 사람은 자신이 아니었을까.

그때의 그는 너무 어렸다. 그래서 말속에 숨은 뜻을 분명히 알아차리지 못했던 거다.

아니, 분명하지 않았던 건 버디였을지도. 그래서 고백조차 그렇게 모호하게 했는지도 모른다.

밤이 깊어갔다. 손가락 사이 담배도 어느새 다 타버렸다.

주크박스 옆에 웅크린 둘은 밀려오는 졸음을 이기려 이런저런 헛소리를 주고받으며 동이 트길 기다렸다.

기온이 쑥쑥 떨어졌다. 추위를 이겨보려 바싹 다가앉았지만 그래도 몸이 오들오들 떨렸다.

“더럽게 춥네.” 버디가 말했다.

아한은 고심 끝에 자세를 바꿨다. 등뒤에서 버디를 안아주는 자세로.

버디의 몸이 움찔했다가 서서히 풀어졌다.

“이러니까 좀 낫지?” 아한이 물었다.

버디는 아무 말도 하지 않았다.

그러자 아한은 이리저리 마구 엉큼하게 손을 놀리며 다시 물었다. “야, 곯아떨어졌냐?”

“새끼야, 작작 더듬어!” 버디가 말했다.

“아직 멀었어!” 아한은 일부러 더 심하게 버디를 주물렀다. 그러다 잘못해서 사타구니까지 손이 갔다. 버디가 감전된 것마냥 벌떡 일어났다.

“아으, 이 변태 새끼!” 화난 목소리는 아니었다.

“왜 그리 쬐끄매? 너무 추워서 쪼그라든 거지?” 아한이 놀려댔다.

버디도 아한의 다리 사이로 손을 휘저으며 반격을 시작했다. 둘은 서로의 사타구니를 목표로 엎치락뒤치락 몸싸움을 벌이다 마침내 서로의 물건을 움켜쥐고 씩씩거렸다.

“놔!” 버디가 낮게 소리쳤다.

“먼저 놓으시지!” 아한이 말했다.

“너 먼저 놓으면 나도 놓을게!”

“됐어!” 아한은 손에 쥔 그 물건의 변화를 감지했다. 바지 아래 있었지만 후끈후끈했다.

계속 쥐고 있으면 어떻게 될까?

버디가 쩝 하면서 먼저 손을 놓았다.

순간 아한은 크나큰 상실감을 느꼈다.

"나 봤잖아. 너도 빨리 봐!" 버디가 나직하게 다그쳤다.

분했던 걸까, 아니면 상실감을 감추려 그랬던 걸까. 아한의 손에 갑자기 힘이 들어갔다. 버디는 아픈 나머지 몸을 잔뜩 움츠렸지만 화가 난 건 아닌지 웃으며 한마디 내뱉었다. "아으!"

그러고는 몸을 홱 돌려 아한을 외면했다.

아한은 버디의 달아오른 얼굴과 벌떡이는 가슴을 보지 못했다.

몇 번 불러봤지만 버디는 돌아보지 않았다.

대답 없는 버디의 뒷모습을 바라보던 아한은 천천히 버디에게 몸을 기대고 눈을 감았다. 그러고는 스르르 잠들어버렸다.

*

타이중으로 돌아온 그날 밤, 아한은 어슴푸레한 꿈을 꾸었다.

버디와 함께 있었다. 타이베이 주크박스 옆이었다.

버디에게 입을 맞췄다.

버디를 끌어안고 버디의 몸을 어루만졌다.

청춘의 뜨거운 살갗을 느끼자 수영장에서 처음 만난 그날이 떠올랐다.

물은 차가웠지만 버디의 몸은 몹시 뜨거웠다.

손바닥에 닿은 탄탄한 근육이 떨리고 있었다.

버디의 사타구니로 천천히 손을 뻗었다. 버디의 거친 숨소리가 들렸다.

이게 현실일까, 아니면 자신의 상상일까?

아한은 다리 사이로 들어오는 버디의 손을 느꼈다. 버디의 손이 그곳을 부드럽게 애무하기 시작했다. 형언할 수 없는 쾌감을 느끼며 절정에 이르는 순간, 눈부신 흰빛이 눈앞에 나타났다……

욕망이 썰물처럼 천천히 밀려날 때 눈을 떴다. 흰빛에 눈이 부셨다. 강렬한 빛 속에서 버디의 얼굴을 찾아 헤맸다……

아한이 눈을 깜빡였다.

뭔가 이상했다.

눈부신 그 빛은 햇빛이었다.

아한은 자기 방 침대에 누워 있었다.

아한은 천천히 몸을 일으켰다. 다리 사이가 끈적하고 축축했다. 이불을 쳐드는 순간 아한은 얼굴이 새빨개졌다.

몽정이었다.

그런데 상대는 버디였다.

*

아한이 동성에게 이런 욕망을 느낀 건 이번이 처음은 아니었다. 하지만 이번 욕망은 너무나 분명하고 강렬했다. 아한은 자신이 동성을 좋아한다는 사실을 더는 무시할 수 없었다.

어릴 때 아한은 어머니를 따라 성당에 자주 나갔다. 중학생 때 성가대에 피아노를 잘 치는 대학생이 새로 왔다. 어른들은 그를 아룽이라고 부르고 아이들은 룽 형이라고 불렀다.

아한은 룽 형이 피아노 연주에 몰입해 있는 모습을 보는 게 좋았다. 룽 형의 옆얼굴이 너무나 완벽하다고 생각했고, 때때로 면도를 못 해서 까칠하게 수염이 자란 턱도 더없이 멋져 보였다.

룽 형도 아한이 늘 주위를 맴돌며 자신을 지켜본다는 걸 느꼈는지 아한에게 관심을 보이기 시작했다.

성당에서 두 사람의 눈이 마주치는 일이 잦아졌다.

룽 형은 아한과 금세 친해졌고, 아한을 오토바이에 태워 여기저기 데리고 다녔다.

룽 형은 음악을 매우 좋아했고, 클래식뿐만 아니라 서양 대중음악도 좋아했다. 그는 아한에게 영어 팝송들을 가르쳐주었다. 아한은 가사는 제대로 이해하지 못했지만 선율이 무척 듣기 좋다고 생각했다.

사실 그때 룽 형이 좋아하는 거라면 아한 눈에도 다 좋아 보였다.

오토바이를 타고 바닷가에도 갔다. 룽 형은 아한을 앞에 앉히고 가죽재킷으로 감싸 차가운 바람을 막아주었다. 두 사람은 바닷바람을 맞으며 노래를 흥얼거렸다. 그럴 때면 아한은 그렇게 상쾌할 수가 없었다.

가끔 룽 형의 집에 가서 놀기도 했다.

룽 형의 방에는 아한이 처음 보는 신기한 물건이 정말 많았다. 외국 책과 음악 잡지, 악보, 음반이 가득하고 방 한구석에는 기타도 세워져 있었다.

그날 아한은 룽 형의 침대에 걸터앉아 영문 소설을 뒤적이고 있었다. 영어를 잘 못해서 내용을 읽을 수는 없었지만 삽화를 보면서 이 책 주인공이 왕자라는 것은 알 수 있었다.

룽 형이 옆에 앉아 그 멋진 얼굴에 치명적인 미소를 띠며 말했다. "너 이게 무슨 내용인지 알아?"

아한은 솔직하게 고개를 가로저었다.

"외계인 얘기야. 머나먼 우주에 태양계 말고 또다른 성계가 있는데, 거기에 B519라는 행성이 있어." 룽 형이 말했다.

아한은 열심히 듣고 있었다.

"그 행성에는 남자 여자 구별이 없어. 거기 외계인은 스스로 애를 낳아!"

"진짜?" 아한이 물었다.

"내가 그 별에서 왔어." 룽 형이 말했다.

아한은 반신반의했다.

아한은 지금껏 룽 형이 하는 말을 곧이곧대로 믿었다. 그렇지만…… 룽 형이 진짜 외계인이라고?

룽 형이 진짜 스스로 아이를 낳을 수 있다고?

그날따라 날이 엄청 추워서 방에 전기난로를 켜놓고 있었다. 난로 속에서 석영관이 진짜 불꽃처럼 새빨간 빛을 뿜었다.

룽 형이 두꺼운 이불 속으로 파고들며 아한에게도 들어오라고 손짓을 했다.

아한은 순순히 이불 속으로 들어갔다.

룽 형이 아한을 보며 말했다. "나중에 너도 데려갈게. 갈 거지?"

아한은 고개를 끄덕이고 씩 웃었다.

아한은 철부지 어린애가 아니었다. 당연히 룽 형이 외계인이라는 말은 믿지 않았다. 하지만 나중에 자기를 데려가겠다는 말은 믿었다. 틀림없이 아주 멋진 곳, 신나는 곳일 테다.

"춥지?" 룽 형이 이렇게 말하며 이불을 잘 덮어주는가 싶더니 반쯤 껴안다시피 아한에게 팔을 둘렀다.

아한은 훅 더워진 느낌이 들었다.

난로 열기가 너무 센 걸까? 이불이 너무 두꺼운 걸까? 아니면 룽 형의 몸이 너무 뜨거워서 그런가? 이유는 알 수 없었다.

갑자기 룽 형이 아한을 품안에 꼬옥 끌어안았다. 아한은 좀 놀랐지만 밀어내지 않았다. 나쁘지 않은 기분이었다.

룽 형의 탄탄한 가슴에 아한의 손이 닿자 룽 형이 말했다. "내 가슴에 문신이 하나 있거든. 보여줄까?"

아한이 고개를 끄덕였다.

룽 형은 윗옷을 벗고 가슴에 있는 신기한 문신을 보여주었다. 이게 바로 B519 행성 외계인이라는 표시라면서.

"문신 본 적 있어? 만져볼래?" 룽 형이 물었다.

아한은 또다시 고개를 끄덕이고 호기심에 가득차서 손을 뻗었다.

룽 형의 살갗은 뜨거웠다. 아한의 손가락이 문신 위에서 조심스레 움직였다. 룽 형은 아한을 빤히 보다가 갑자기 더 꽉 끌어안았다.

이어 룽 형의 손이 옷 위로 아한의 몸을 어루만지기 시작했다.

아한은 어떻게 반응해야 할지 알 수가 없었다. 룽 형이 뭔가 선을 넘었다는 걸 느꼈지만 말리고 싶지 않았다.

룽 형의 손이 아한의 다리 사이로 들어가자 아한은 온몸이 뻣뻣해졌다. 이불 밖으로 나가고 싶었지만 룽 형이 뒤에서 껴안고 침대에 단단히 누르고 있었다. 룽 형의 두 손이 아한의 몸을 점점 거침없이 더듬었다.

아한은 소리도 지를 수가 없었다.

바깥에서 텔레비전 소리가 들려왔다. 룽 형의 어머니가 거실에서 텔레비전을 보고 있었다.

사타구니로 들어간 룽 형의 손이 위아래로 움직였다. 지금껏 느껴보지 못한 야릇한 감각에 아한은 긴장되기도 하고 당혹스럽기도 했다. 이게 좋은 느낌인지 불편한 느낌인지 알 수가 없었다.

그만하라고 해야 할까?

그러면 앞으로 룽 형이 자신을 멀리하진 않을까?

아한은 좀 겁이 났다. 혹시…… 룽 형이 자신에게 이렇게 해주길 기대했던 걸까?

머릿속이 어지러웠다. 룽 형은 점점 거칠게 숨을 몰아쉬며 아한의 손을 자기 사타구니로 가져갔다. 아한이 어루만져주기를 원하는 것만 같았다.

아한이 어쩔 줄 몰라 하는데 갑자기 문 두드리는 소리가 났다!

"아한! 엄마한테 전화 왔다. 저녁 먹으러 안 오냐는데?" 룽 형의 어머니가 문 앞에서 소리쳤다.

아한은 놀란 토끼처럼 룽 형의 품에서 튀어나가 허둥지둥 방을 나갔다.

얼마 뒤에 룽 형은 대학을 졸업하고 군대에 갔다.

아한은 다시는 룽 형을 만나지 못했다.

그 일은 차츰 희미해지다 아한의 기억에서 사라져버렸다. 그날 아침까지는.

*

아한이 욕실에서 몰래 팬티를 빠는데 엄마가 밖에서 소리쳤다. "아한, 엄마랑 얘기 좀 하자."

아한은 딱 걸렸구나 싶어 잘못을 저지른 어린아이처럼 고개를 숙이고 욕실에서 쭈뼛쭈뼛 나왔다. 아한을 본 엄마가 살며시 한숨을 쉬었다. "어제 담임 선생님께 전화 왔었어."

아한은 가슴이 철렁했지만 얼른 스스로 타일렀다. 그럴 리가.

선생님이 알아차릴 리가 없어.

"너 문과로 가야 한대, 글쎄……" 엄마는 말을 잇지 못했다.

선생님이 전화로 에둘러 한 이야기는 이러했다. 학교에서는 진학률에 대단히 신경쓰고 있다, 아한이 계속 이과에 남는다면 지금 성적으로는 진학률을 떨어뜨릴 수밖에 없고 학교 체면도 떨어지고 만다, 그러니 고2인 지금 얼른 문과로 옮겨 다시 시작하는 게 좋겠다, 아마 더 나은 성적을 얻을 거다.

엄마는 무슨 말인지 충분히 알아들었다. 학교에서 아들을 포기한 것이었다.

문과로 가라는 것은 좋게 말하면 새로운 진로를 찾아 다시 시작하라는 얘기였지만, 당시에 사실 문과는 다들 무시하는 분위기였다. 문과 대학을 나오면 보통 공무원, 교사 아니면 변호사나 회계사가 되는데 전망도 썩 좋지 않고 벌이도 신통치 않았다. 이과에 가서 죽어라 공부해 의대에 가는 것에 비할 수가 없었다. 아한의 형은 치대에 갔다. 아버지는 썩 만족하지 않았지만 아무튼 졸업하면 의사가 되는 거니 뭐라 하지는 않았다.

집에는 얘기하지 못하고 있었지만 아한도 어느 정도 예상했던 일이었다.

아한은 고개를 수그린 채 아무 말도 못하고 있었다.

모자간에 불편한 침묵이 흘렀다.

바닥에 물방울이 똑 떨어졌다. 아한이 놀라서 고개를 들어보니 엄마가 울고 있었다.

언제나 낙천적인 엄마였다. 아한은 엄마가 우는 모습을 처음 보았다.

아한은 한참이 지나서야 겨우겨우 입을 열었다. "엄마, 미안해요."

엄마는 아한의 머리를 쓰다듬으며 억지로 미소를 지었다. "미안하긴. 우리 아들이 얼마나 착한데. 공부 좀 못하면 어떠니. 괜찮아. 걱정 마, 아버지한테는 엄마가 잘 얘기할게." 엄마는 눈물을 닦고 기운을 차리며 아들을 격려했다. "문과 가면 조금만 더 열심히 하자. 무시당하면 안 되잖아! 참고서도 다시 사야겠네? 엄마가 사줄게! 어려운 과목 있으면 과외라도 할까? 아니면 입시학원 다닐래?" 엄마가 입술을 꽉 깨물었다. "아한, 나중에는 자립해야지. 네 아버지는……" 마지막 한마디는 입 밖으로 내지 않고 삼켜버렸다.

한숨을 내쉰 엄마는 다시 여느 때의 희망찬 모습으로 돌아왔다. "회계사도 괜찮겠다. 어느 회사에서든 필요한 일이니까 취업 걱정 안 해도 될걸. 게다가 날마다 돈을 만지잖아!"

4

여름방학

문과로 옮겨야 한다는 사실에 아한은 며칠 동안 풀이 죽어 있었다.

하지만 은근슬쩍 기쁘기도 했다. 아한이 가게 된 8반이 바로 버디의 반이었던 것이다.

그래도 엄마의 눈물을 떠올릴 때마다 아한은 엄마를 실망시켰다는 죄책감에 시달렸다.

엄마는 아한을 무척이나 아꼈고 성적이 떨어졌다고 크게 나무라지도 않았다. 하지만 아한은 엄마가 담임 선생님의 전화를 받고 얼마나 상심했을지 잘 알았다.

엄마가 슬퍼한 건 자신의 체면 때문이 아니라 작은아들의 앞날을 걱정하는 마음 때문이었다.

관악부 연습 시간에 아한은 도무지 집중할 수가 없었다. 올리버 신부도 아한이 문과로 가야 한다는 사실을 아한의 담임에게 들어 알고 있었다. 연습이 끝나자 올리버 신부는 이야기나 좀 나누자며 아한에게 따로 남으라고 했다.

올리버 신부는 아한을 연습실 옆에 있는 작은 방으로 데려갔다. 다바 무리는 그 방을 '올리버 신부의 비밀 천국'이라고 부르면서 아마 신부가 거기서 몰래 대마초를 피우거나 포르노를 볼 거라고 했다.

막상 들어가보니 작은 방에는 악기만 가득했다. 텔레비전도 없고 대마초도 보이지 않았다. 1인용 안락의자 하나, 작은 차탁 하나, 나무 의자 두 개, 트럼펫 연주가 은은하게 흘러나오는 검은색 축음기, 흐트러진 음반 몇 장과 사이펀 커피포트 그리고 환기창을 통해 어슴푸레 비쳐드는 햇빛이 다였다.

"커피 마실래?" 올리버 신부가 물었다.

아한은 고개를 가로저었다.

그래도 신부는 커피를 끓였다.

이어 안락의자에 앉아 탁자에 살담배를 꺼내놓고 말기 시작했다.

아한은 호기심어린 눈으로 신부를 지켜보았다.

올리버 신부는 아한이 생각하는 전형적인 신부와는 많이 달랐다. 엄숙한 면모 대신 어딘지 느슨하고 자유로워 보였으며 세속의 규정도 멋대로 무시하곤 했다.

아한이 담배를 빤히 바라보자 올리버 신부가 웃으며 담배 한 개비에 불을 붙여 아한에게 내밀었다. "맡아봐, 장미 향이다."

아한이 한 모금 깊이 빨자 과연 옅은 장미 향이 풍겼다.

올리버 신부가 갑자기 환기창 쪽을 돌아보며 말했다. "몰래 훔쳐보지 말고 너도 들어와!"

조금 뒤 빗자루를 든 버디가 머쓱한 웃음을 지으며 방으로 들어왔다.

올리버 신부가 커피 한잔을 따라 버디에게 건넸다.

버디가 커피를 마시는 동안 신부는 아한과 이야기를 나누기 시작했다. "문과로 간다면서?"

아한이 고개를 끄덕였다. "성적이 너무 나빠서요……"

"속상하겠구나?" 신부가 물었다.

아한이 잠깐 생각하다가 말했다. "다들 문과 가면 실력이 없다고 생각하잖아요. 엄마가 많이 실망하셨을 거예요." 아한이 엄마의 눈물을 떠올리고 한숨을 쉬었다.

올리버 신부가 담배 한 모금을 깊이 빨아들이고 나서 입을 열었다. "하느님께서 세상을 창조하셨을 때 말이야. 모든 사물에 이름을 붙여주셨을까?"

"세상 만물, 다 하느님이 이름 지으신 거 아니에요?" 아한이 미심쩍게 물었다. 이런 질문은 금시초문이었다.

올리버 신부가 고개를 저었다. "초기 히브리어 문헌을 보면 이름 없는 것들이 엄청 많아. 나중에 사람들이 식별하고 기억하려고 사물에 이름을 붙인 거지. 하지만 그러면서 그 사물의 가능성도 제한하게 되었단다." 신부가 아한을 찬찬히 뜯어보며 말했다. "쓸모없는 사람은 아무도 없어! 어떤 이름에 널 가두지 마라."

아한의 마음을 뒤흔드는 얘기였다.

그래, 이름이란 가능성을 제한하는 것이다.

옆에서 버디가 아한의 어깨에 팔을 두르며 커피잔을 입가에 대주었다.

아한은 커피를 좋아하지 않았지만 한 모금 마셨다. 그러더니 얼굴을 살짝 찌푸리며 말했다. "너무 뜨거워."

"데었어?" 버디가 손가락을 아한의 입술에 가져다댔다.

둘의 태도는 아주 자연스러웠지만 올리버 신부는 무언가를 감지했다.

신부가 헛기침을 하며 두 사람의 주의를 돌려놓았다.

"하느님께서 쓸모없는 인간을 만드실 리가. 이 세상 모든 것, 모든 사람이 존재 의미가 있단다. 아한, 너도 마찬가지야. 사람의 가치란 성적이나 버는 돈에 따라 생기는 게 아냐. 스스로 자신의 가치를 믿을 때 가치가 있는 거지, 무슨 말인지 알겠니? 가치란 다른 사람이 너에게 부여하는 게 아니야." 올리버 신부가 피우던 담배를 아한의 눈앞에 흔들며 물었다. "이게 뭐냐?"

"담배요!" 아한이 말했다.

"아니야! 이건 내 망우초忘憂草란다. 근심을 잊게 하는 풀." 신부가 말했다.

올리버 신부는 이번에는 일어나서 커피포트 옆에 있는 물이 가득한 주전자를 잡으며 버디에게 물었다. "그럼 이건?"

"물이요." 버디가 말했다.

"아니야, 이건 불꽃놀이야!" 신부가 말했다.

올리버 신부가 빈 커피잔을 하나 들고 다른 손으로 주전자를 들어 햇빛 쪽으로 가져가더니 물을 커피잔에 주르륵 따랐다.

햇빛이 물줄기를 통과하며 일곱 색깔로 빛났다. 여름밤 하늘을 수놓은 불꽃처럼 찬란했다.

올리버 신부는 둘의 깜짝 놀란 얼굴을 보며 빙그레 웃었다.

"난 이걸 불꽃놀이라고 부르고 싶어. 우리가 어떤 사물을 놓고 상상하는 걸 이름이 제한하는 것 같지 않니? 성적이 그 사람의 발전 가능성을 제한하는 것처럼. 사실 인생이란 점수를 매길 수 있는 게 아닌데 말이야."

버디도 빈 물컵을 하나 집어들고 올리버 신부에게서 주전자를 넘겨받아 컵에 가득 물을 따랐다. 그러고는 크게 한 모금 머금었다가 햇빛에 대고 퐈 뿜어버렸다. 허공에 뿜어진 물방울이 선명한 무지개를 이루었다.

"버디! 방이 엉망이 되잖아." 아한이 소리쳤다.

올리버 신부는 개의치 않았다. "뭐 어떠냐. 치우면 되지."

버디가 물컵을 아한에게 건넸다. 올리버 신부가 아무렇지 않아 하자 아한도 장난기가 발동해 물을 한입 가득 머금었다가 햇빛을 향해 뿜어냈다.

무지개가 또하나 생겨났다.

아한이 활짝 웃었다.

올리버 신부가 다가가 아한의 어깨를 툭툭 치며 말했다. "어머니는 실망하신 게 아냐. 마음이 아프신 거지. 네가 남들한테 무시당할까봐 걱정하시는 거야. 그러니까 자신감을 가지고 더 노력해라. 어머니께 문과 가서도 잘될 수 있단 걸 보여드려."

아한은 고개를 끄덕이며 벅찬 눈으로 올리버 신부를 바라보았다.

*

악기실에서 나오자 버디가 아한을 데리고 기숙사 옥상으로 올라갔다. 교문 위로 우뚝 솟은 거대한 십자가가 정면으로 보였다.

버디는 주머니에서 담배를 꺼내 아한에게 건넸다.

담배를 입에 물고 불을 붙인 버디가 얼굴을 들이대자 아한도 담배를 물고 버디 쪽으로 얼굴을 내밀었다.

버디의 담뱃불이 아한의 담배에 옮겨붙었다.

아한이 몇 모금 빨다가 말했다. "아까 신부님 담배보다는 좀 별로지 않냐?"

올리버 신부의 담배는 매우 독특했다. 물 건너온 것일 테다.

버디는 대답 없이 담배를 피우며 뭔가 골똘히 생각하는 표정으로 아한을 바라보았다.

"뭐야?" 버디가 좀 이상하다고 생각하며 아한이 말했다.

"그래서, 내가 시험지 준 거, 안 봤냐?" 버디가 물었다.

아한은 고개를 저었다.

부정행위를 할 생각은 없었다.

게다가 매번 버디에게 시험지를 훔쳐달라고 할 수도 없는 노릇이었다.

아한의 물리와 화학 성적은 확실히 좋지 않았다. 그렇지만 부정행위로 성적을 팍 올린다 한들 대입 시험에서도 똑같이 높은 점수를 받으리라는 보장이 없다. 더군다나 걸리기라도 하면, 그건 최악이다.

이런 생각을 버디에게 털어놓을 필요는 없었다. 아한은 그냥 이렇게 말했다. "일부러 안 봤어. 성적이 떨어져야 문과로 갈 거 아냐! 그럼 너랑 같은 반이 될 수 있잖아!"

버디가 피식 웃었다. "미친 새끼, 아주 훌륭한 생각이다! 너 오면 난 이과로 옮길 건데!"

아한이 웃으며 버디의 목을 휘감았다. "잘됐네! 이과로 썩 꺼져. 너랑 같은 반이라니 우웩이다!"

한참 웃고 떠들다가 아한이 불쑥 말했다. "나중에 외국 가서 공부하고 싶은 생각 없냐?"

사이펀 커피포트에서 은은하게 퍼져 나오던 커피 향, 축음기에서 부드럽게 흘러나오던 외국 음악, 환기창으로 새어들던 어슴푸레한 햇살…… 방금 전 올리버 신부의 악기실에서 아한은 저도 모르게 이국을 동경하게 되었다.

외국 사람들은 다들 올리버 신부처럼 금발에 파란 눈, 하얀 피부일까? 다들 커피를 마시고 장미 향 담배를 피우고 영어를 술술 말할까?

"당연히 나가고 싶지. 그치만 가서 꼭 공부해야 되는 건 아니겠지?" 버디가 말했다.

아한이 빙그레 웃으며 말했다. "그럼."

별 생각 없는 대답이었지만 아한에게는 약속처럼 들렸다.

아한은 상상의 나래를 펼치기 시작했다. 버디와 같이 외국에 나가면 어떤 날들을 보내게 될까?

*

여름방학 사흘 전, 교련 시간이었다. 교관이 폭탄 같은 소식을 전했다.

남녀공학을 장려하는 교육부의 새로운 방침에 따라 베르테르 고등학교에도 다음 학년부터 시범적으로 여학생 반이 두 반 생긴다는 것이었다.

교관이 말을 마치자마자 환호성이 터졌다. 그래도 몇몇은 의

심스러워하는 눈치였다. 다바가 소리쳤다. "교관님! 거짓말하지 마세요! 오늘 만우절도 아니잖아요!"

교관이 험악하게 말했다. "믿든 말든 맘대로 해라. 학교에서도 달갑지 않거든?"

청춘의 한복판에 있는 남학생들 머릿속에 든 건 뻔했다. 학교 밖에서 여자친구를 사귀고 무슨 난잡한 행동을 하고 다녀도 막을 길이 없는데, 교육부에서 여학생을 남학교에 밀어넣겠다고? 난장판이 되면 어쩌려고?

교관은 희희낙락한 남학생들을 가리키며 엄중히 경고했다. "너희들, 행동 똑바로 해라. 헬렐레하지 말고! 필수 활동 빼고는 교내에서 여학생에게 말 거는 건 금지다. 꽁무니 쫓아다니는 건 더더욱 안 돼! 위반했다간 바로 벌점이다. 요행은 없어, 다 잡아낼 거야!"

남학생들은 잠깐 진정하는 듯했지만 속에서는 말 못할 기쁨이 용솟음치고 있었다.

흥분의 도가니 속에서 아한만은 차분하기 그지없었다. 여학생이 들어와 학교가 달라지든 어쩌든 아무 기대도 없었다.

아한은 그저 빨리 여름방학이 오기만을 고대하고 있었다. 기숙사에서 벗어나면 버디와 더 많은 시간을 함께할 수 있을 테니까.

*

방학 첫날, 버디가 영화를 보자고 아한을 찾아왔다.

둘은 세 편을 연달아 보기로 하고 〈마지막 황제〉, 〈람보3〉, 곧 극장에서 내려간다는 〈장단각지연〉*을 골랐다.

영화관을 나오자 어느새 어스름이 깔려 있었다. 배에서 꼬르륵 소리가 났지만 돈이 얼마 없었다. 둘은 근처 국숫집에 들어가 우육면 한 그릇을 시켜 나눠 먹었다.

국수를 먹으며 버디는 아까 본 영화 얘기를 했다. 그러면서 자기는 어떤 영화도 다 좋아한다고, 가장 큰 꿈은 나중에 영화감독이 되어 자기 영화를 찍는 거라고 했다.

"영화를 너무 많이 보니까 그렇게 똘기 충만이지." 아한이 웃으며 말했다.

"영화 진짜 재밌지 않아? 현실은 더럽게 재미없는데." 버디가 말했다.

"어떤 영화를 찍고 싶은데?" 아한이 물었다.

버디가 진지하게 생각한 끝에 입을 열었다. "이런 얘기. 어느

* 1988년 타이완에서 개봉한 주윤발, 왕조현 주연의 코미디 영화.

날 어떤 녀석이 자전거를 타고 집에 오다가 길에서 우연히 무언가와 부딪혀. 그래서 그걸 집에 데려가는데……"

"뭐랑 부딪히는데?" 아한이 말을 끊었다.

"뭐냐면…… 외계인이야!" 진지한 얘기인지 헛소리인지 버디도 잘 몰랐다. "그런데 외계인이 상처를 입고 죽어가거든. 그래서 그 녀석은 외계인하고 그냥 같이 살기로 해. 반려동물처럼. 둘 다 아주 외로운 생명체였거든. 둘은 하루하루 조금씩 조금씩 마음을 열어……" 아한을 빤히 보면서 버디가 말했다.

아한이 빙그레 웃었다.

버디의 이야기에 나오는 그 녀석은 아한 자신, 길에서 부딪힌 외계인은 버디처럼 느껴졌다.

둘 다 참 외로운 생명체였다.

버디를 만나기 전에 얼마나 외로웠는지 아한은 그제야 깨달았다. 그동안 자신을 이해해준 사람은 없었다.

룽 형이 해줬던 얘기가 불현듯 떠올랐다.

머나먼 우주에 있는 또다른 성계에 B519라는 행성이 있다고 했지.

그 행성의 생명체는 남자 여자 구별이 없고 스스로 아기를 낳는다고.

버디의 이야기 속에 나오는 쓸쓸한 두 생명체는 마지막에 어떻게 될까?

아기를 낳는 것 아닐까? 외계인이니까 스스로 낳을 수 있지 않을까?

"그다음엔?" 아한은 뒷이야기가 궁금했다.

"그다음엔 둘이 행복하게 잘 사는 거지." 버디가 빙긋 웃었다.

"완전 바보 같은 얘기잖아! 찍기나 하면 다행이겠다!" 말은 이렇게 했지만 아한은 그런 행복한 결말이 마음에 들었다.

"나중에 같이 영화 공부할래?" 버디가 물었다.

"난 본 영화도 별로 없는데!" 아한이 말했다.

오늘처럼 버디와 함께가 아니라면 영화 세 편을 연달아 보는 미친 짓은 할 리도 없었다. 아한은 지금까지도 엉덩이가 얼얼했다.

"나랑 같이 보러 다니면 되지!" 버디가 말했다.

"좋아!" 버디가 이렇게 의욕에 넘쳐 함께하자고 하자 아한은 기분이 날아갈 듯해 고개를 끄덕이며 말했다. "같이 영화학과에 가자! 외국에도 나가고! 너는 영화를 찍어, 나는 네 영화 주제곡을 쓸게!"

"약속한 거다!" 버디가 말했다.

미래가 다 정해진 것만 같았다. 자유롭게 꿈을 펼칠 아름다운 미래가. 서로의 눈동자에 불쑥 나타난 빛을 둘 다 놓치지 않았다.

*

깊은 밤.

망을 보는 아한은 바짝 긴장해 있었다.

버디는 〈람보3〉 포스터가 아주 맘에 든다며 훔칠 작정이었다.

버디가 바깥쪽 게시판에 붙은 포스터를 무사히 뜯어내 조심조심 말고 있을 때였다. 누군가 느닷없이 고함을 질렀다. “야 이놈들아! 거기서 뭐 하는 짓이야!”

버디가 아한에게 눈짓을 했다. 둘은 냅다 뛰기 시작했다.

아한은 자전거에 올라 버디를 재촉해 뒷자리에 태우고 죽어라 페달을 밟았다.

자전거를 쫓아오던 사람은 두세 블록을 뛰고서야 포기했다.

버디가 아한의 어깨를 치며 나무랐다. “망 잘 보라고 했잖아!”

“다른 쪽에서 온 걸 어쩌라고! 이제 그만 훔쳐! 너 때문에 간 떨어지겠어!” 아한이 짜증을 냈다.

“더 빨리 달리면 아무도 못 쫓아온다고. 뭐가 겁나는데?” 버디가 놀려댔다.

아한이 중얼거렸다. "엄청 빨리 달린 거거든……"

오토바이가 있었으면.

그때 아한의 머릿속에 불쑥 떠오른 생각이었다.

*

고추 한 움큼이 솥에 들어가자 화르륵 소리와 함께 고추 향이 확 퍼졌다. 좀처럼 익숙해질 수 없는 매캐한 냄새를 참으며 아한이 옆에서 말을 꺼냈다. "오토바이 사주세요!"

땀을 뻘뻘 흘리며 요리하던 아버지가 단칼에 거절했다. "안 돼."

"꼭 필요하단 말이에요!" 아한이 끈덕지게 말했다.

아버지는 아한을 거들떠보지도 않은 채 고향 요리를 능숙하게 만들며 단호하게 말했다. "오토바이가 왜 필요해? 새벽부터 밤까지 싸돌아다니게? 방학하고부터 종일 코빼기도 안 보여! 죽어라 공부해야 될 때 오토바이는 무슨? 젠장, 문과 간 것도 창피해 죽겠구먼……"

아한은 기분이 상했지만 꾹 참고 계속 졸라댔다. 그러다 결국 부엌에서 쫓겨나고 말았다.

군인이던 아버지는 퇴역하자 작은 식당을 열고 바다 건너 고향의 음식을 직접 만들어 팔았다. 당시 타이중에는 고향을 그리워하는 외성인*이 적지 않아서 장사가 제법 잘됐다.

아버지는 집에서는 부엌일을 거의 하지 않지만 중요한 손님이 올 때면 직접 요리를 했다.

그날은 형이 결혼할 사람을 집에 데려오는 날이었다. 아버지는 기분이 매우 좋아서 손수 음식을 만들었다. 라조기, 강낭콩소고기볶음, 두부고기찜, 갓달걀지짐, 콜리플라워산초유냉채, 죽순홍소육, 여주갈비탕까지 한 상 가득 차려졌다. 다섯 사람이 도저히 다 먹지 못할 양이었다.

형의 여자친구 장샤오팅은 청순한 외모에 겸손한 성격이었다. 음식이 너무 매워서 몇 입 먹지도 못하고 새빨개진 얼굴로 차만 연신 들이켰지만 불평 한마디 없이 줄곧 상냥하게 웃고 있었다.

밥상의 주된 화제는 형의 근황이었다. 엄마는 자꾸만 차린 게 변변치 않아 미안하다며 미래의 며느리를 살뜰히 챙겨주었다.

---

* 타이완 인구는 처음부터 타이완섬에서 살아온 원주민이 2퍼센트, 명·청대에 중국 대륙에서 이주해온 사람들인 본성인이 84퍼센트, 근현대에 국민당 정권을 따라온 사람들인 외성인이 14퍼센트를 차지한다.

"입에 맞나 모르겠네?" 엄마가 물었다.

샤오팅은 고개를 끄덕이며 일부러 타이완어*로 말했다. "아주 맛있어요!"

그러자 엄마가 너무 즐거워했다. 얼굴에서 웃음이 떠나지 않았다.

아한도 미래의 형수님을 살펴보며 호기심어린 눈으로 물었다. "둘이 언제부터 사귀었어요?"

형은 아한에게 언짢은 눈초리를 보낼 뿐 대답하지 않았다. 그 대신 아버지가 인상을 팍 쓰며 말했다. "네가 무슨 상관이야? 네 앞가림이나 잘해! 대학 가서 실컷 사귀어. 몇 명을 사귀든 맘대로 해!"

한바탕 잔소리에 심통이 난 아한은 고개를 수그리고 밥만 푹푹 퍼먹었다.

그러다 샤오팅을 힐끔 보자 아한의 눈길을 알아차린 샤오팅이 상냥하게 웃어주었다.

아한은 금세 기분이 풀렸다.

"형, 내일 오토바이 좀 빌려줘." 아한이 형에게 말했다.

---

* 타이완의 표준어는 대륙에서 온 국민당 정부가 북경어를 기초로 만들어 사용을 강제한 국어(國語)지만, 본성인이 원래 쓰던 일상어는 타이완어다.

그러자 아버지가 눈을 부라리며 짜증스럽게 말했다. “또 그 소리야? 면허도 없으면서 왜 자꾸 오토바이 타령이야? 대학이나 붙어, 상으로 사줄 테니!”

“먼저 사주세요. 그럼 도서관 갈 때 버스 기다릴 필요도 없잖아요. 공부할 시간이 더 많아진단 말이에요!” 아한은 끈질기게 아버지를 설득해보았다.

오토바이를 사려는 진짜 이유는 물론 따로 있었고, 아버지도 바보가 아니었다. 아버지가 딱 잘라 말했다. “돈 없다.”

아한은 속이 부글부글 끓어올랐다.

방금 전에는 대학 가면 사준다더니 지금은 또 돈이 없다고?

아한도 자기 성적이 나쁘다는 사실은 잘 알았다. 문과로 옮기는 바람에 아버지 체면이 구겨진 것도. 그렇지만 한창 반항심이 들끓는 나이였다. 아한은 치미는 화를 참지 못하고 싸늘하게 말했다. “금 바꿔서 본토 건너갈 돈은 있고 아들 오토바이 사줄 돈은 없어요?”

다들 동작을 멈췄다. 분위기가 한순간에 얼어붙었다.

격분한 아버지가 젓가락을 바닥에 내동댕이쳤다!

튀어오른 한 짝에 하마터면 샤오팅이 맞을 뻔했다.

얼굴이 시뻘게진 아버지가 아한에게 삿대질을 하며 성질을 냈다. "내가 널 굶겼냐?"

아버지는 중국 본토에도 가족이 있었다. 그렇다고 이곳 타이완의 가족을 나 몰라라 하는 일은 없었다. 여기서도 똑같이 고생해서 돈을 벌며 두 아들을 키웠다.

"그럼 거기에 돈을 그렇게 많이 가져가서 뭐 하셨대요?" 아한은 여전히 심기가 불편했다.

아한이 느끼기에 타이완의 집은 아버지의 마음속에서 진정한 집이 아니라 후보에 불과한 것 같았다.

"내가 번 돈 어떻게 쓰든 네가 무슨 상관이야!" 아버지 목청이 높아졌다.

"여기도 아버지 집이잖아요!" 아한도 목소리를 높였다.

여기서 가정을 이뤘으면 끝난 거지 저쪽 걱정은 왜 한담?

계엄이 해제되고 중국 본토로의 친지 방문이 가능해지자 아버지는 기다렸다는 듯이 고향을 찾았다. 오랫동안 저축했던 돈을 금목걸이 여러 개로 바꿔 가기까지 했다. 그러고 돌아와서는 몇 날 며칠 말이 없었다. 엄마가 금목걸이는 어쨌느냐고 묻자 아버지는 내 돈 내가 쓰는데 여편네가 무슨 참견이냐며 노발대발했다.

그때부터 아무도 이 일을 입에 올리지 않았다. 아한의 집에서 이 일은 감히 건드릴 수 없는 금기였다.

하지만 아한은 어느 날 아버지가 이 집을 버리고 본토로 가버릴지도 모른다는 생각을 떨칠 수가 없었다.

아한도 이런 생각이 드는데 엄마는 어떨까?

엄마는 이 외성인 남자와 결혼하면서 군인이라 수입이 안정적이겠다는 생각을 했었다. 게다가 혼자 타이완으로 건너왔으니 이 남자와 결혼하면 시부모 봉양할 걱정 없이 편히 살겠구나 싶기도 했다.

엄마에게 아버지는 괜찮은 남편이었고 식구들을 고생시키지도 않았다. 하지만 엄마는 어느 날 타이완과 중국의 관계가 완전히 풀리면 남편이 고향으로 돌아갈지도 모른다는 생각을 하고 있었다. 그다음엔? 다시 돌아올까? 타이완에도 가족이 있다는 걸 기억은 할까?

그렇지만 식구들 앞에서는 절대 이런 걱정을 내비치지 않았다. 엄마가 얼른 어색해진 분위기를 수습하려 했다. "그만들 합시다! 샤오팅도 왔는데 그러면 안 되지!"

이참에 화풀이를 하려는 건지 뭔가 숨기고 싶은 건지, 아버지는 작은아들을 노려보며 언성을 높였다. "문과 가서 집안 망신시킨 걸로는 모자라냐? 오토바이 사달라고 종일 졸라댈 낯짝이 있어? 오토바이 타고 뭔 짓거리를 하고 다니게? 엉?"

아한은 벌게진 얼굴로 씨근거릴 뿐이었다. 반박할 말이 없었다.

형이 얼른 끼어들었다. "우리 과에도 문과 출신이 하나 있어. 문과 이과 둘 다 지원했는데 국영수 성적이 엄청 좋아서 치대에 합격한 거야. 그러니까 물리, 화학 성적이 나빠도 가능성은 있어. 특히 생물은 죽어라 외우면 되는 거라 충분히 점수를 높일 수 있어."

"형 얘기 들었지? 문과 이과 다 지원해서 점수 잘 나오는 데로 가는 거다." 아버지가 권유하듯 말했지만 명령이나 다름없었다.

아한은 식탁을 엎어버리고 싶은 마음을 꾹 참고 있었다.

다들 아한에게 좋은 대학에 가야 한다고 성화다. 가장 좋은 곳은 역시 의대다. 그러고 나면?

의사가 되면 한평생 행복이 보장되는 걸까?

식구들이 아한에게 좋은 대학 가라고 하는 건 과연 아한을 위해서일까, 아니면 자기들 체면 때문일까?

*

저녁식사 후 아한은 우울한 기분으로 현관 앞 계단에 앉아 있었다.

엄마가 몇 번이나 불렀지만 못 들은 척했다.

울화가 머리 꼭대기까지 차올라 있었다.

결국 엄마가 나와서 아한 옆에 나란히 앉았다. 엄마는 웃으면서 아한의 머리를 다정하게 쓰다듬었다. "왜 그렇게 화가 났어? 넌 나중에 돈 벌면 집에 안 갖다줄 거야?"

그 말에 아한은 뜨끔했다.

그때 아한의 마음속에는 버디하고 해외에 나가서 영화 공부할 생각만 가득할 뿐, 돈 벌어서 부모님 갖다드릴 생각 따위는 전혀 없었으니까.

"아버지 원망하지 마. 아버지는 그저 고향 식구들한테 잘살고 있다는 거 보여주려는 거야. 그래야 체면이 서지." 엄마가 아버지를 두둔했다.

잠자코 있던 아한이 느닷없이 물었다. "엄마, 아버지랑 왜 결혼했어요?"

엄마는 얼떨떨해 있다가 웃으며 말했다. "나이가 찼으니 한 거지. 집에서 결혼하라고 성화잖니! 느이 아빠가 사람이 괜찮아 보였어. 그래서 결혼했지."

"그럼 아버지를 사랑한 게 아니네요, 그죠?" 아한으로서는 사랑하지도 않는 두 사람이 평생을 함께 산다는 건 상상할 수도 없는 일이었다.

"아이고, 나이가 몇인데 사랑 타령이야. 네 아버지랑 결혼 안 했으면 너는 어디서 나와?"

"그럼 그냥 번식하려고 결혼한 거네." 아한이 씩씩거리며 말했다.

"번식이라니?" 엄마가 물었다.

"애 낳으려고 만났다고요!" 아한이 짜증스럽게 말했다. "진짜 사랑한다면 이렇게 살지 않죠!"

엄마가 빙긋 웃으며 아들을 바라보았다. 젊은 시절, 남편을 처음 만났을 때가 떠올랐다.

아한 이 녀석은 제 아버지 젊을 때 모습을 쏙 빼닮았다.

"어린놈이 사랑이 뭔지나 알아?" 엄마가 말했다. "엉뚱한 생각 말고 공부나 열심히 해!"

아한은 고개를 돌린 채 아무 대꾸도 하지 않았다.

자리에서 일어나 집으로 들어가려던 엄마가 살그머니 말했다. "오토바이 골라놓고 엄마한테 말해줘. 비상금이 좀 있거든."

아한은 뭐라 할말이 없었다. 마음속이 복잡해지며 죄책감까지 느껴졌다.

거짓말을 했는데도 엄마는 자신을 믿고 있었다. 아니, 그저 아버지한테 혼난 아들이 안쓰러워 달래주려는 것일지도.

아한은 일어나서 엄마를 따라 안으로 들어갔다.

문을 닫으며 엄마가 나직이 당부했다. “조심해서 타야 돼, 엄마 걱정시키면 안 돼. 알았지?”

아한은 고개를 끄덕였다. 불만과 분노는 온데간데없이 사라지고, 용솟음치는 기쁨을 주체할 수가 없었다.

5
철조망

아한이 고른 오토바이는 최신 유행하는 '풍속125'였다. 광고 모델은 당시 최고의 인기를 누리던 가수 왕제. 텔레비전에서 왕제가 힘차게 내지르는 강한 비트의 CM송이 흘러나오면 타이완의 수많은 청춘이 열광했다. 풍속125에 마추이루* 같은 미녀를 태우고 질주하고픈 마음이 절로 들었다.

아한은 대표 색상인 노란색과 차분한 검은색을 놓고 고민하다가 노란색을 골랐다. 버디가 대담하게 튀는 색을 더 좋아할 것 같아서였다.

* 1980~90년대에 활약한 걸그룹 출신 배우.

오토바이가 생긴 그날, 아한은 잔뜩 신이 나서 버디를 불러냈다. 둘은 마음껏 고함을 지르며 노을이 깔린 해안도로를 폭풍처럼 질주했다. 아한은 조심히 타라던 엄마의 잔소리는 싹 잊은 채 헬멧은 쓸 생각도 안 했고, 버디 역시 헬멧은 조금도 신경쓰지 않았다.

뮤직비디오 속에서 왕제와 마추이루도 헬멧을 안 썼던걸?

누가 순진하게 헬멧을 쓴담?

"맘에 드냐?" 아한이 버디를 돌아보며 자랑스럽게 물었다.

"네 오토바이인데 네가 좋으면 됐지!" 버디가 소리쳤다.

"이제부터 우리 거야!" 아한이 말했다.

이제부터 오토바이는 둘의 것이었다.

그리고 앞으로도 아주아주 많은 것을 함께 나누리라.

*

새 오토바이 시승을 마친 두 사람은 밤이 되자 또다시 영화관에 포스터를 훔치러 갔다.

이번에는 〈뉴욕 세 남자와 아기〉 포스터였다.

그러고 보니 버디는 타이완이나 홍콩 영화 포스터는 손대지 않고 외국 영화 포스터만 훔쳤다.

아한은 또 버디가 미녀 배우에는 도통 관심이 없다는 걸 알아차렸다. 버디가 좋아하는 것은 대부분 멋진 남자 주인공이 나오는 포스터였다.

비가 내리기 시작했다. 포스터가 젖을까봐 울상인 버디를 보자 아한은 윗옷을 벗어주며 포스터를 감싸라고 했다.

버디가 싱긋 웃으며 고마워했다. "내가 앞에 탈게. 네가 포스터 갖고 뒤에 타!"

돌아오는 길에 빗줄기가 점점 굵어졌다. 비에 흠뻑 젖자 버디는 윗옷을 훌렁 벗어버리고는 속도를 올리며 신이 나서 소리를 질렀다. 아한은 한 손으로는 버디의 맨허리를 감싸고 한 손으로는 포스터를 조심스레 안고 있었다. 빗방울이 쉬지 않고 몸을 때렸다. 보이는 거라곤 폭우 속을 가르는 헤드라이트 불빛뿐, 새까만 망망대해에 있는 것만 같았지만 아한은 하나도 춥지 않았다. 무섭지도 않았다. 귓가에는 빗소리와 버디의 함성만이 울리고 있었다. 이 세상에 그들 두 사람만 남은 듯했다. 아한은 버디를 더 꼭 안으며 버디의 맨몸에 몸을 기댔다.

순간 아한은 이 길이 영원히 끝나지 않았으면 했다.

비가 너무 심하게 퍼부어 버디가 아한의 집에서 자고 가기로 했다.

물에 빠진 생쥐 꼴이 된 둘은 샤워를 하고 아한의 침대에 누워 수다를 떨다가 잠이 들었다.

아한의 엄마가 방문 앞을 지나가다 보니 선풍기 바람이 아이들에게 바로 향해 있었다. 비를 맞은데다 선풍기 바람까지 쐬면 감기라도 들까봐 엄마는 방으로 들어가 선풍기 방향을 돌려주고, 활짝 열려 비가 들이치는 창문도 반쯤 닫았다.

방을 나가려다가 침대를 돌아보니 두 아이가 얼굴을 맞대고 곤히 잠들어 있었다. 아한은 한 팔을 뻗어 버디에게 팔베개를 해주고 버디는 아한을 보며 모로 누운 자세였다.

두 아이를 보는 엄마 얼굴에 미소가 어렸다. 그런데 불현듯 뭔가 석연찮은 느낌이 들었다.

그러나 어디가 이상한지는 분명히 알 수가 없었다.

그냥 자신이 너무 예민한 거라고 생각하기로 했다.

엄마는 나오면서 방문을 단단히 닫았다. 무의식중에 방안의 광경을 남이 보면 안 될 것 같은 생각이 들어서였다.

딸깍 소리에 버디가 몸을 뒤척이며 돌아누웠다. 옆에서 자던 아한이 무심결에 다리를 버디에게 걸치더니 몸을 돌려 뒤에서 버디를 끌어안았다.

꿈에서조차 버디를 놓아줄 생각이 없는 것처럼.

*

버디와 함께한 여름방학은 아한의 인생에서 가장 싱그럽고 달콤한 기억이었다.

방학이 끝나자 고3이 되었다.

학교 밖 세상에는 커다란 변화가 있었다. 계엄령이 해제되자 정당 활동이 허용되고 언론 자유도 보장되었다. 오랫동안 억눌려온 타이완 사회의 에너지가 마침내 폭발했다. 더 많은 기본권을 쟁취하고자 사람들은 거리에서 끊임없이 항의 시위를 벌였다.

아한은 이 모든 걸 자신과는 상관없는 일이라고 여겼다. 정부에서 중국 본토에 있는 가족과 친지 방문을 허용한 것도 부모 세대에게나 좋은 일이었다. 타이완에서 나고 자란 아한에게 집은 여기였다. 본토는 자기와 아무런 상관도 없는 곳이었다.

아한이 체감하기에 세상이 뭔가 바뀌었다는 가장 큰 신호는 두발 자유화였다.

또 금서와 금지곡도 많이 풀려 학생들도 보다 다양한 사상과 문화를 접할 수 있었다.

학교 밖에서는 살얼음판을 걷던 시대가 정말로 사라져가는 듯했다.

새 학기 첫날, 아한은 학교로 돌아왔다. 방학 동안 머리를 길러 더이상 까까머리가 아니었다.

학교 안에 높은 철망이 쳐져 있었다. 아한은 답답한 심정으로 철망을 올려다보았다. 언제 쳐놓은 건지, 무슨 용도인지 짐작이 가지 않았다. 그때 앳된 여학생 한 무리가 철망 저쪽을 종종걸음으로 지나갔다. 이쪽에 있던 남학생들이 즉시 술렁이기 시작했다.

아한은 퍼뜩 상황을 알아차렸다.

철망의 용도는 남녀 학생을 갈라놓으려는 것이었다.

아한은 어처구니가 없었다. 설마 등하굣길에 여학생들과 마주칠 일이 없다고 생각하는 건가?

학교가 동물원처럼 되어 있었다. 어느 쪽이 동물이고 어느 쪽이 구경하는 사람인지 알 수 없는.

멀리서 아한을 본 다바 무리가 곧바로 다가와 반갑게 인사를 했다.

다들 머리가 길었다. 다바는 헐렁하던 교복 바지까지 최신 유행에 따라 9부로 자르고 바지통도 줄여 입었다.

"무사하겠냐?" 아한이 웃으며 물었다.

"교관이 이런 스타일 금지라는 말은 안 했으니까. 걸리면 그때 가서 보는 거지!" 다바가 대답했다.

라오페이가 갑자기 눈짓을 하기에 다들 돌아보니 저쪽에서 버디가 유유히 걸어오고 있었다.

두발 규제가 풀려 전교생이 머리를 길렀는데 버디는 여전히 밤톨 머리였다. 하나도 바뀐 게 없었다.

솨이지가 버디를 노려보며 중얼거렸다. "또라이 새끼."

버디가 아한에게 다가오자 아한은 빙긋 웃으며 손을 뻗어 버디의 까칠까칠한 머리를 쓰다듬었다.

다바 무리가 둘을 힐끔거리며 인상을 썼다. 재들이 언제 저렇게 친해졌지? 뭔가…… 많이 수상한데.

버디는 다바 무리의 눈빛을 무시하고 철망 앞을 지나가며 건너편에 있는 여학생들을 호기심어린 눈으로 바라보았다.

라오페이가 아한을 홱 잡아끌며 나직이 말했다. "저 또라이 새끼 조심해."

다바도 바짝 다가서서 말했다. "재가 너한테 집적대면 바로 소리질러. 우리가 곧장 달려가서 도와줄게!" 다바가 버디의 뒷모습을 경멸스러운 눈으로 지켜보며 덧붙였다. "저런 놈…… 가까이하지 않는 게 좋아."

저런 놈.

다바 무리가 보기에 버디는 어떤 놈인 걸까?

고1, 고2 두 해 동안 아한은 다바 무리와 친하게 지냈지만 같은 반이고 기숙사에서도 같은 방을 써서 어울리게 됐을 뿐이었다. 우정이나 동질감이라기보다는 그냥 적당한 사회생활이었다.

학교라는 생태계는 바깥세상보다는 훨씬 단순했지만 역시 현실 세계의 축소판이었다. 외톨이로 오랫동안 지내다가는 무리에서 배제될 수밖에 없고, 거기다 좀 '특이한' 면까지 있다면 괴롭힘의 대상이 되기 십상이었다.

그 왜소한 후배처럼.

다바 무리의 면전에서 아한은 웃는 얼굴로 버디 어깨에 팔을 둘렀다. 그리고 큰 소리로 말했다. "가자!"

다들 어안이 벙벙해 있는 가운데 라오페이가 소리쳤다. "아한, 그 새끼랑 같이 가게?"

버디의 어깨에 팔을 걸치고 걸어가던 아한이 돌아보며 말했다. "나 이제 문과잖아. 버디랑 같은 반이야. 이 녀석이랑 같이 안 가면 어디로 가냐?"

*

부담감이 막심한 고3 생활이 시작되었다. 아한은 문과 입시 과목을 새로이 준비해야 했지만 버디와 같은 반이 되자 그리 힘겹게 느껴지지 않았다. 둘이서 노상 붙어다니며 어찌나 사이가 좋은지 누군가는 "쟤들 화장실도 같이 가는 거 아냐?" 하고 농담을 하기도 했다.

학기 중간쯤, 학교에서 군가 대회가 열릴 예정이었다. 고3도 반드시 참가하라는 방침이 전해지자 군가 연습에 금쪽같은 공부 시간을 뺏긴다는 원성이 자자했다. 하지만 아한은 긴장을 풀 기회라고 여기고 틈나는 대로 악보를 보면서 즐거운 마음으로 연습에 참여했다. 심지어 버디는 뭔가 특별한 공연을 해보자고, 심사위원들을 사로잡아 높은 점수를 따보자고 반 친구들을 설득하기까지 했다.

수업 끝나는 종이 울리자 버디는 간식거리를 사러 매점으로 달려갔고 아한은 교실에 남아 악보를 보고 있었다.

갑자기 바깥이 소란스러워지면서 우당탕 쿵쾅 소리까지 나기에 아한이 창밖을 내다보았다. 웬일인지 버디가 허둥지둥 달려가고, 다바 무리가 그 뒤를 쫓고 있었다!

아한은 악보를 팽개치고 맨 뒤에서 뛰어가던 솨이지를 붙잡고 물었다. "뭐 하는 거야?"

"넌 빠져!" 솨이지가 아한의 손을 뿌리치며 말했다.

"버디가 너희들한테 뭘 어쨌기에 그래?" 아한이 캐물었다.

"그냥 기분 나쁜 새끼야!" 솨이지가 대답했다.

어느새 다바가 버디를 깔고 앉아 두들겨패고 있었다. 라오페이도 옆에서 발길질을 해댔다. 아한이 부랴부랴 달려가 온몸으로 버디를 보호했다.

다바가 아한을 떼어내며 말했다. "다 널 위해서 이러는 거야!"

"날 위해서?" 아한은 무슨 소리인가 싶었다.

이 틈에 몸을 빼낸 버디가 다시 달아났다. 다바 무리가 또다시 뒤를 쫓고 아한도 버디를 도와주려고 뒤따라 달렸다. 추격전이 벌어지는 가운데 버디는 2층으로 올라가 복도 난간 위로 펄쩍 뛰어올랐다. 그러더니 다바 무리를 뒤돌아보며 씩 웃었다.

"새끼야, 뛰어내리게?" 라오페이가 소리쳤다.

다들 경솔히 나서지 못하고 우뚝 멈춰 섰다.

버디가 웃으며 돌아섰다. 그리고 날개를 활짝 펼친 커다란 새처럼 양팔을 쭉 뻗었다. 순간 아한의 머릿속에 영화 속 버디라는 젊은 남자 주인공이 높은 난간에 올라서서 팔을 뻗던 장면이 떠올랐다. 그다음엔……

“버디!” 아한이 저도 모르게 고함을 질렀다.

진짜 뛰어내리려는 건 아니겠지?

그 순간, 버디가 난간 아래로 사라졌다!

다들 기겁해서 난간으로 달려가 아래를 내려다보았다. 정말로 뛰어내린 버디는 상처 하나 없이 무사히 1층에 안착했다. 버디는 아무 일 없다는 듯 돌아서서 씩 웃더니 새처럼 퍼덕퍼덕 양팔을 신나게 흔들어댔다.

“너희들 대체 무슨 짓이야?” 격분한 아한이 다바를 힘껏 밀쳤다.

“아한, 저 새끼랑 그만 붙어다녀. 안 그러면 너도 게이 취급 받는다고!” 버디를 보는 다바의 얼굴에는 또다시 경멸하는 기색이 드러났다.

저런 놈.

아한은 퍼뜩 깨달았다.

다바 무리가 전에 이야기했던 ‘저런 놈’이 무슨 의미인지.

1층에 있던 버디도 둘이 하는 얘기를 다 들었다. 버디는 아한에게 쓴웃음을 지은 뒤 돌아서서 천천히 자리를 떴다.

아한이 소리쳐 불렀지만 버디는 돌아보지 않았다.

말없이 사라지는 버디의 뒷모습을 보면서 아한은 난데없이 버림받은 기분이 들었다.

버디가 한 마리 새가 되어 자신의 품에서 날아가버렸다.

그날부터, 모든 것이, 어긋나기 시작했다.

*

수업이 끝나자 아한과 버디는 평소처럼 관악부 연습실에 갔다.

아한은 버디를 보호하려고 일부러 버디와 다바 무리의 사이에 앉았다.

다바 무리는 굉장히 기분 나빠 보였지만 올리버 신부 앞이라서 또다시 시비를 걸진 않았다. 게다가 오늘은 1학년 여학생 후배들이 관악부에 처음 오는 날이었다. 다들 거기에 정신이 팔려 버디를 손봐주려는 생각은 금세 잊었다.

여학생들이 들어오자 남학생들은 저도 모르게 마음이 들떴다. 뻣뻣하게 긴장한 녀석, 실실거리는 녀석, 연주하다 계속 틀리는 녀석까지. 올리버 신부는 그저 말없이 웃을 뿐이었다.

버디 얼굴에 상처가 난 걸 보자 아한은 너무나 속상했다. 가방에서 슬그머니 연고를 꺼내 발라주려는데 버디가 딱딱하게 고개를 돌리며 말했다. "됐어."

아한은 어리둥절했다. 뭔가에 심하게 얻어맞은 기분이었다. 심장박동이 빨라지며 숨조차 쉬기 힘든 아픔이 온몸에 서서히 퍼져나갔다.

버디에게 들은 첫번째 거절의 말이었다.

다바 녀석들 때문에 열받아서 나한테 화풀이하는 거겠지?

아한은 이렇게 스스로를 위로하며 마음에 두지 않기로 했다.

"그럼 가져가서 발라." 아한이 버디에게 연고를 건넸다.

버디는 고개를 흔들며 웃어 보일 뿐 받지 않았다.

아한은 버디의 웃는 얼굴에서 거리감을 감지했다.

당황스러웠다.

갑자기 왜 이렇게 싸늘해졌을까?

내가 뭘 잘못했을까, 이런 생각이 가장 먼저 들었다.

그때 교관이 붉으락푸르락한 얼굴로 들이닥쳤다. 연습실이 순식간에 조용해졌다.

"누가 남녀가 붙어 앉아 연습하래? 당장 갈라져! 서클 활동한답시고 숨어 있으면 될 줄 알았나!" 교관이 소리쳤다.

올리버 신부가 교관 앞을 막아서며 물었다. "교관님, 갑자기 무슨 말씀이세요?"

"신부님, 이 나이 애들이 얼마나 혈기왕성한지 몰라서 그러세요? 이렇게 붙여놨다간 애들 대학 다 떨어집니다!" 교관이 소리쳤다. 남학생이 여학생과 가까워졌다가는 대입은 물론 인생도 망칠 게 뻔하다는 투였다.

올리버 신부가 강하게 반박했다. "공부와 연애는 별개죠. 애들을 열심히 공부시키는 건 좋습니다. 그렇지만 범죄자 취급하며 격리하시는 건 안 되죠!"

학교 측에서는 학생들을 너그러이 풀어주는 올리버 신부에게 이미 에둘러 불만을 표한 바 있었다. 교관이 화를 꾹 누르며 말했다. "신부님, 간섭이 좀 심해 보입니다만? 네, 신부님은 당연히 사랑을 가르치셔야죠. 단 남녀 간의 사랑은 안 됩니다! 이건 교칙입니다. 신부님이 이래라저래라 하실 일이 아니에요!"

올리버 신부는 조금도 물러서지 않았다. 오히려 아이들을 옹호하려는 듯 한 발짝 나아가며 말했다. "여기는 관악부입니다. 제 소관이에요. 제가 알아서 합니다!"

교관이 못마땅한 얼굴로 말했다. "알아서 하신다는 게 애들을 지하실에 처박아놓고 문란하게 연애질이나 하게 하는 겁니까? 학교에서 가장 걱정스러워하는 게 바로 관악부 같은 서클이에요. 남녀 학생이 이렇게 장시간 붙어 있다보면 무슨 일이……"

"교관님, 꼭 그런 식으로 저속하게 말씀하셔야 돼요?" 난데없이 앳되고 초롱초롱한 목소리가 연습실에 울려퍼졌다.

다들 목소리의 주인공을 돌아보았다. 작고 여리여리한 여학생이 끓어오르는 분노를 꾹 참는 표정으로 서 있었다.

"저속하다니, 어딜 봐서 저속해?" 교관이 험악하게 소리쳤다.

자기 권위에 누군가 도전하는 걸 좋아하는 사람은 없다. 게다가 교관 눈에 여학생은 말썽의 근원일 뿐이었다.

조그만 여학생은 조금도 겁내지 않고 당당하게 소리쳤다. "본 게 아니라 들은 건데요. 보고 싶지도 않고요!"

한쪽에서 남학생들이 키득거리기 시작했다.

그동안 교관의 못생긴 얼굴을 놓고 은근슬쩍 놀리는 학생이 꽤 있었다. 하지만 면전에서 대놓고 말한 것은 이번이 처음이었다.

무안해진 교관이 여학생에게 뚜벅뚜벅 다가가서 물었다. "몇 반 누구야? 누가 교관한테 그따위로 말하래?"

"교관님이 저희한테 그렇게 막말하실 필요 없잖아요? 왜 우리가 그런 취급을 받아야 돼요?" 여학생은 조금도 기죽지 않고 받아쳤다.

"이렇게 말 안 하면 너희가 들어먹어?" 교관이 말했다.

버디가 벌떡 일어나 끼어들었다. "남자 여자 갈라놓으면 문란하게 연애질 안 한대요? 그럼 학교 밖은 어쩌시게요? 교관님이 바깥세상도 둘로 딱 갈라놓으실 거예요? 여기처럼 철망으로?"

두 학생의 말대꾸가 이어지자 교관은 얼굴이 시뻘게져서 고래고래 소리를 질렀다. "그게 무슨 말버릇이야? 여긴 학교야! 너희 대학 보내는!"

버디는 여전히 아무렇지도 않게 불난 집에 부채질을 했다. "아, 그러니까 대학만 가면 다 돼요? 평범한 사회생활은 배울 필요 없는 거예요?"

완전히 뚜껑이 열린 교관은 똑같은 소리를 되풀이했다. "너희는 학생이야! 학생이면 마땅히 교칙을 따라야지!"

"그러니까 관악부 선배가 여자 후배한테 악기 부는 걸 가르쳐주면 안 된다, 그런 교칙이 어디 나와 있는데요? 교관님이 좀 찾아서 보여주실래요?" 버디가 빙글거리며 말했다.

처음 말대꾸를 시작한 여학생이 즉각 거들었다. "교칙에 진짜 그런 규정이 있으면 우리가 관악부에 뭐 하러 들어와요?"

아한은 두 사람이 주거니 받거니 교관을 몰아세우는 모습을 보며 살얼음판을 걷는 기분이었다.

버디 저 자식이 미쳤나.

고3이 왜 저렇게 나서. 가만 좀 있지.

설마…… 그 조그만 여학생을 보며 아한은 강렬한 질투심을 느꼈다. 이런 감정은 난생처음이었다.

말문이 막혀버린 교관은 씩씩거리며 두 사람에게 삿대질을 했다. "잘한다, 잘해! 너희 둘, 내가 똑바로 지켜보겠어!"

아한이 다급하게 그만하라는 눈짓을 보냈지만 버디는 되레 우렁차게 대답했다. "네, 그러세요. 3학년 8반 왕바이더입니다!"

조그만 후배 여학생도 버디를 바라보며 눈을 반짝이더니 뒤이어 소리쳤다. "1학년 A반 우뤄페이입니다!"

몇몇이 버디에게 지지를 보내며 일어나려 했다. 그러자 폭발일보 직전이 된 교관이 또다시 시뻘게진 얼굴로 고함을 질렀다. "누구 하나 한마디만 더 해봐!"

보다 못한 올리버 신부가 입을 열었다. "이 나이 애들은 원래 이성에 관심이 많잖아요. 학교에서 여학생을 받기로 했으면 남학생 여학생이 사이좋게 공부하고 잘 지내게 해야지, 왜 그리 엄격하게 접촉을 금지합니까?"

올리버 신부의 말이 끝나자, 사방에서 열렬한 박수갈채가 쏟아졌다.

다바 무리는 특별히 격한 환호성을 질러댔다.

마침내 누군가 자신들의 속마음을 입 밖으로 내주었다!

올리버 신부가 문 쪽으로 걸어가며 손짓을 했다. "교관님, 이제 좀 나가주시죠. 연습해야 됩니다."

기세등등하게 들어왔던 교관의 가슴속에 울화만 꽉 들어찼다. 더이상 반박할 말도 없었다. 교관은 결국 씩씩거리며 연습실을 나갈 수밖에 없었다.

교관이 분에 못 이겨 물러나자 아이들은 또 한 차례 환호성을 질렀다.

버디가 흐뭇하기 그지없는 눈으로 우뤄페이를 바라보았다. 시선을 느낀 우뤄페이도 버디를 돌아보았다. 눈이 마주친 두 사람의 얼굴에 잔잔한 미소가 번졌다.

아한은 옆에서 이 모습을 다 지켜보고 있었다. 마음속에 강렬한 질투심이 뱀처럼 똬리를 틀기 시작하더니 점점 숨통을 조여왔다. 숨이 턱 막혔다.

지금껏 아한은 이 세상이 자신과 버디를 중심으로 돌아간다고 생각했다.

그랬던 세상이 그날부터 무너지기 시작했다.

마침내 적나라한 현실이 모습을 드러냈다.

*

다음날 점심시간, 식당에 들어선 아한은 버디를 찾느라 이리저리 두리번거렸다.

오전 내내 버디는 아한을 모른 체했다. 같은 반 친구끼리 이렇게 멀어질 수 있는 건가?

구석자리에 있는 긴 탁자에서 버디가 혼자 점심을 먹고 있었다. 아한이 옆자리에 식판을 놓고 앉았지만 버디는 힐끗 보기만 할 뿐 인사도 없고 얼굴에 웃음기조차 없었다. 그저 식판에 고개를 파묻고 게걸스레 먹기만 했다.

갑자기 왜 이렇게 싸늘해졌을까?

아한은 자기가 진짜 뭔가 잘못했나 싶었다. 그래서 버디가 일부러 이렇게 화풀이를 하는 걸까?

“왜 그래?” 아한이 답답한 듯 물었다.

“뭐가?” 버디는 아무렇지 않게 밥을 먹었다.

“어제오늘 왜 그러는데?” 아한은 버디가 자신의 눈길을 확실히 피하는 걸 알아차렸다. “방학 동안 잘 지냈잖아? 내가 뭐 잘못……”

버디가 국그릇을 들고 단숨에 들이켜며 말을 끊었다. “입시가 얼마 안 남았잖아. 우리 공부 좀 열심히 하자!"

아한이 쓴웃음을 지으며 말했다. "난 열심히 하거든. 열심히 해야 할 사람은 너지!"

아니다. 이건 이유가 아니다.

버디는 지금 적당히 둘러대는 거다.

하지만 아한은 버디의 변명을 캐물을 용기가 없었다. 진실을 알게 되는 것이 두려웠다.

아한은 한참을 머뭇거리다 입을 열었다. "너 말이야…… 여자 후배들하고 좀 거리를 두는 게 어때? 교관한테 찍혀서 좋을 거 없잖아?"

매사에 반항적이고 교칙 어기기를 특히나 즐기는 버디였다. 선생님과 교관의 눈 밖에 난 지 오래였다.

마침내 버디가 고개를 들었다. 전혀 동의하지 않는 표정에 이맛살까지 찌푸리고 있었다. "너 뭐냐. 꼰대 교관이랑 똑같아졌냐?"

아한은 말문이 턱 막혔다.

처음으로 버디가 아한에게 반대 의사를 표시했다. 그것도 이렇게 직설적이고 매정하게.

사실 버디다운 태도였다. 버디는 거슬리는 일이 있으면 거리

낌없이 자기 의사를 밝혔다. 케케묵은 규칙 따위는 무시했다.

그렇다. 아한도 익히 알고 있었다. 하지만 어느 날 갑자기 자기가 그런 취급을 당할 줄은 꿈에도 몰랐다.

원래 자신은 저 높은 천국에서 독보적 지위를 누리는 존재였는데 버디가 눈 한번 깜빡이자 단숨에 평범하고 시시한 인간 무리와 동급으로 떨어져버린 것만 같았다.

아한은 절대 그런 뜻이 아니라고, 너한테 아무 일도 없었으면 해서 그러는 것뿐이라고 변명하고 싶었다. 하지만 버디는 굳은 얼굴로 일어나 식판을 들고 자리를 떠버렸다.

아한은 우두커니 앉아 버디의 뒷모습만 바라보고 있었다. 이토록 쓸쓸한 기분은 처음이었다.

그때 문득 누군가의 눈길이 느껴졌다.

돌아보니 다바 무리에게 두들겨맞던 그 후배가 저쪽 탁자에서 자신을 물끄러미 바라보고 있었다.

후배의 얼굴에는 상처가 더 늘어 있었다.

*

식당을 나서는 후배를 구석에 서서 기다리던 아한이 손짓해 불렀다.

후배가 다가왔다. 아한은 후배의 얼굴에 난 상처를 차마 똑바로 볼 수가 없었다. "어쩌다 또…… 다바 걔네들이 그런 거야?"

후배는 무심하게 웃으며 대답했다. "다른 반 애들이 그랬어요." 그러고는 입가의 멍을 가리키며 말했다. "이건 우리 반 애가 벽돌로 찍은 거고요. 이건……" 후배는 훈장 자랑하듯 몸에 난 상처들을 하나하나 보여주었다.

의식적으로는 외면하지 말아야 한다고 생각했지만, 아한은 자신을 불편하게 만드는 상처를 보고 싶지 않았다.

이렇게 가까이서 끔찍한 흉터들을 마주하니 죄책감이 심해졌다. 후배가 괴롭힘당하는 걸 눈앞에서 보면서도 모른 척했으니.

아한은 다른 애들이 무엇 때문에 후배를 괴롭히는지 뻔히 알면서도 나서려 하지 않았었다.

사실은 몹시 두려웠는지도 모른다. 자신의 깊숙한 곳에 꼭꼭 숨겨놓은 비밀을 그 녀석들에게 들킬까봐……

"선배, 왜 불렀어요?" 후배가 물었다.

아한은 퍼뜩 정신을 차리고 후배를 부른 이유를 떠올렸다.

"그게…… 그러니까……" 머뭇머뭇하던 아한이 낮은 목소리로 물었다. "언제 알았어? 네가 남자를 좋아한다는 거."

후배의 눈이 번쩍 빛났다. 후배는 조금도 움츠러들지 않고 도전적으로 말했다. "왜요, 신경쓰여요? 선배도 날 때리게요?"

아한은 얼른 고개를 흔들었다. 아무래도 묻는 방식이 잘못된 것 같아서 다른 식으로 다시 물었다. "여자친구 사귈 생각은 해봤어?"

질문을 들은 후배는 웃음을 참는 표정이었다.

사람들은 그의 성적 지향을 알면 경멸하고 혐오하거나 그를 바꾸려 들었다. 하지만 그는 남자를 좋아하도록 태어났고, 그 사실은 바뀌지 않았다.

후배가 아한을 빤히 바라보며 점점 가까이, 점점 더 바짝 다가왔다. 아한은 뭔가 꺼림칙했지만 피할 수가 없었다.

후배가 갑자기 두 손으로 아한의 얼굴을 붙잡고 강제로 키스하려 했다. 아한은 깜짝 놀라 벗어나려 안간힘을 썼지만 뜻밖에도 후배의 손아귀 힘이 굉장히 셌다. 두 사람의 입술이 닿기 직전, 후배가 손을 풀며 씩 웃었다.

거북해진 아한이 도망치듯 자리를 뜨려는데 후배가 불러세웠다. "선배, 난 어릴 때부터 쭉 남자를 좋아했어요. 한번도 변한 적 없어요."

아한은 우뚝 멈춰 서서 뒤를 돌아보았다. 후배가 자신을 보고 있었다. 괴롭힘을 당하던 그 후배가 지금 연민에 찬 눈빛으로 자신을 바라보고 있었다.

아릿한 느낌이 아한의 가슴을 훑고 지나갔다.

눈앞에 있는 이 조그만 후배가 진정 아한을 이해하는 사람일지도.

두 사람은 말없이 서로를 마주하고 서 있었다. 후배가 먼저 돌아서서 자리를 떴다.

홀로 남은 아한은 멀어지는 후배의 뒷모습을 우두커니 바라보았다. 소용돌이치는 마음을 한참 동안 진정시킬 수가 없었다.

6
고해

하느님 아버지, 누굴 좋아하는 건 절대로 죄가 아니죠? 제가 남자를 좋아한다고 해도 죄가 아닌 거죠?

저는 동성애자가 아니에요. 그냥 그애랑 같이 있는 게 진짜로, 진심으로 좋을 뿐이에요.

기도드립니다. 그애가 부디 제 마음을 이해하고 받아들이게 해주세요.

요즘 성당에 거의 안 온 거 저도 잘 알아요. 하지만 그애가 저하고 가까워지려 하고 제 마음을 받아주기만 한다면 매주 나올게요. 약속드려요. 그애도 데려와서 세례받게 할게요.

저도 알아요…… 하느님께서 소돔과 고모라를 미워하신 거요. 하지만 하느님이 미워하시는 건 음란한 행실이잖아요. 저는 그애를 순수한 마음으로 좋아해요. 음란하지 않아요.

제발 축복해주시면 좋겠어요.

하느님이 그러셨잖아요. 기도하면 반드시 귀기울여 들어주신다고요.

온 마음을 다해 기도드립니다. 저와 그애가 영원히 헤어지지 않게 해주세요. 그 영화처럼요.

여학생이랑 데이트도 할게요. 하지만 그애와 멀어지는 일은 절대 없게 해주세요.

저는 그애와 평생 함께하며 가장 좋은 친구가 되고 싶어요.

우리 주 그리스도를 통하여 비나이다. 아멘.

*

아한은 엔젤에게 데이트를 신청했다.

타이중공원에서 만난 두 사람은 호수에서 작은 보트를 탔다. 아한은 힘껏 노를 젓고 엔젤은 맞은편에 앉아 미소 띤 얼굴로 아한을 지켜보았다.

어디로 보나 데이트하는 청춘 남녀였다.

"나한테 데이트 신청할 줄 몰랐어." 엔젤이 말했다. 기분이 무척 좋아 보였다.

아한은 엔젤을 이용하는 기분이 들어 좀 켕겼다.

"어느 대학 갈 거야?" 엔젤이 물었다.

"아직 확실히 안 정했어. 영화학과에 가고 싶긴 한데." 아한은 좀더 생각하다가 이렇게 덧붙였다. "타이베이 가서 공부하고 싶어."

아한을 바라보던 엔젤이 느닷없이 물었다. "나랑 사귈래?"

훅 치고 들어오는 질문에 아한은 당황했다.

아한은 그냥 눈을 내리깔고 부끄러운 척했다.

엔젤이 픽 웃고 말했다. "네가 순수한 사랑을 좋아하는 거 알아."

엔젤은 그런 아한이 꽤나 신선하다고 생각했다.

대부분 남자애들은 욕정만 가득해 만나자마자 지분거리는데 아한은 전혀 그렇지 않았다.

늘 예의바르고 친절했으며 함부로 다가오지 않았다. 신사답다고 할까.

엔젤이 보기에 아한은 상당히 독특했다.

보트가 호수 기슭에 닿았다.

보트에서 내린 두 사람은 다리 위로 올라갔다. 엔젤이 앞장서 걷고 아한은 뒤에서 걸으며 드문드문 이야기를 나누었다.

엔젤이 말했다. "잡지에서 본 건데, '잘 자'라는 말에 어떤 속뜻이 있는지 알아? 발음부호를 알파벳으로 쓰면 'WAN AN'이잖아. 써줄 테니까 한번 봐봐." 엔젤은 아한의 손을 붙잡고 손바닥에 천천히 글자를 썼다. "이게 무슨 뜻이냐면, 'W'는 나, 'A'는 사랑해, 'N'은 너야. 그러니까 'WAN AN'은 '나는 널 사랑해'*라는 뜻이야."

그러고는 이렇게 덧붙였다.

"나중에 나 생각나면 이렇게 삐삐 쳐. 코드 치면 삐삐에 영어로 뜨는 거 알지?"

아한이 고개를 끄덕였다.

"잊지 마! 이제부터 이게 우리 코드야. 그럼 네가 내 생각하고 있다는 거 금방 알겠지. 낭만적이지?" 엔젤이 말했다.

아한은 또 고개를 끄덕이며 엔젤에게 미소를 지어 보였다.

그날 데이트가 끝나자 아한은 곧바로 공중전화박스로 달려갔다. 그리고 기대와 그리움을 손끝에 담아 암호 같은 숫자를 꾹꾹

---

* 중국어로 '잘 자'(晩安)의 발음 'WAN AN'은 '나는 널 사랑해'(我愛你愛你, 'WO AI NI AI NI')의 알파벳 발음부호 머릿글자와 같다.

눌렀다.

*

이틀 뒤, 학교 대강당에서 군가 대회가 열렸다.

8반이 무대에 오르기 전, 아한은 버디에게 가서 옷매무새를 봐 주면서 넌지시 물었다. "그저께…… 내가 삐삐 친 거 봤냐?"

"봤지!" 버디가 말했다.

아한은 속으로 환호했다.

"그런데 무슨 소린지 모르겠어!" 버디가 말했다.

날아갈 듯하던 아한은 이내 찬물을 한 바가지 뒤집어쓴 것처럼 풀이 죽었다.

"'잘 자' 발음부호잖아! 그게 무슨 뜻인지 몰라?" 아한이 말했다.

"잘 자라는 말 아냐?" 버디가 심드렁하게 말했다. 아한이 관람석 한쪽을 자꾸만 쳐다보는 버디의 눈길을 따라가보니 여학생 하나가 일어서서 손을 흔들고 있었다.

관악부 연습실에서 벌떡 일어나 교관에게 대들던 당찬 후배였다.

순간 아한은 등골이 서늘해졌다.

저애구나.

진짜 저애 때문이란 말이야?

저애가 나타나는 바람에 버디가 나를 멀리하게 된 건가?

가슴속에서 활활 타오르는 질투심에 아한의 몸이 달아올랐다. 아한은 관람석에서 뛰어내려와 버디에게 봉지 하나를 건네주는 후배를 핏발 선 눈으로 지켜보았다.

"목캔디예요. 이따 잘해요! 파이팅!" 후배가 말했다.

버디는 목캔디 두 개를 한입에 물고 웅얼거렸다. "잘 봐. 깜짝 놀랄걸!"

둘 사이에 아한이 끼어들 틈은 전혀 없었다.

아한은 버디가 자기 쪽을 한번만 봐주기를, 한마디라도 해주기를 기다리며 애태우고 있었다. 후배를 자기에게 소개라도 시켜줬으면 했지만 버디는 아한을 투명인간 취급했다. 지금 버디 눈에 보이는 사람은 오직 후배뿐이었다.

이렇게 버려지는 건가?

그동안 버디에게 나는 어떤 존재였던 걸까?

군가 대회가 시작되었다.

아한은 가슴속에서 들끓는 의혹과 불편함을 간신히 누르고 대열로 돌아가 맨 앞줄에 똑바로 섰다.

버디가 목청을 가다듬고 소리쳤다. "아득한 밤, 준비, 시작!"

남학생들의 목소리가 웅장하게 울려퍼졌다. "아득한 밤, 별도 달도 보이지 않네. 벌판에는 포성만이 울려퍼지고 불꽃만이 사방을 날아다니네……"

〈야습夜襲〉이라는 군가였다. 계엄령이 해제된 지 얼마 되지 않은 터라 학교에서 널리 불리는 노래는 여전히 애국심을 고취하는 군가였다. 전쟁터에 나가본 적은 없어도 기운 넘치는 남학생들의 우렁찬 노랫소리에서 피 끓는 혈기가 느껴졌다.

하지만 비슷비슷한 군가만 줄창 듣느라 지친 심사위원 귀에 딱히 들어오는 공연은 아니었다. 사실 군가 대회는 그저 연례행사에 지나지 않았다.

군가를 반쯤 불렀을 때, 질서정연하던 대열이 갑자기 불꽃놀이처럼 활짝 펼쳐지더니 다들 바닥에 꿇어앉았다. 한가운데에서 버디가 벌떡 일어나 완전히 다른 노래를 부르기 시작했다.

이 세상에는 희망도 있고 실망도 있지
내 생각은 그래

이 세상에는 기쁨도 있고 슬픔도 있어
누구나 다 그래

버디의 아이디어였다. 심사위원들이 군가만 수없이 듣느라 지겨울 테니 특별한 공연을 선보여 우승하자는 것이었다.

아한은 버디 바로 앞에 무릎을 꿇고 버디를 올려다보았다. 우상을 우러러보는 듯한 눈빛이었다.

그러나 버디는 눈길 한번 주지 않았다.

아한은 천천히 관람석을 돌아보았다. 그 후배가 일어서서 열심히 따라 부르고 있었다. 버디에게 손을 흔들어 응원까지 보내며.

저애도 이 노래를 부를 줄 안다.

버디가 가르쳐줬을까?

아한은 또다시 가슴이 서늘해졌다.

눈앞에 있는 버디를 바라보았다. 그 어느 때보다도 눈부신 모습이었다. 아한은 다시금 관람석을 돌아보았다. 버디가 부르는 노래는 마치 후배에게 하는 고백 같았다.

아한은 어느새 노래하는 것도 잊고 말았다.

아한은 지금껏 이 노래를 버디와 자신의 노래라고 여겼다.

버디가 자신에게 마음을 전한 것으로 생각했다.

왜일까, 아한은 눈앞이 흐려지기 시작했다.

지금껏 '여겼'던 것들이 모두 혼자만의 착각이었던 걸까?

우리의 세상은 네 말처럼 그렇게 나쁘지 않아
그러니 한숨 쉬지 마
네 관심과 사랑으로
이 세상을 아름답게 칠하면 돼……

아한은 자신의 세상이 차츰 색채를 잃어가고 있음을 깨달았다.

앞에서 심사하던 교관의 얼굴이 자꾸만 일그러졌다.

"그만! 누가 군가 대회에서 그딴 걸 부르래? 무슨 짓거리야!" 참다못한 교관이 벌떡 일어나 버디의 노래를 뚝 끊었다.

심사를 맡은 한 교사가 부드럽게 말했다. "창의적인데요. 끝까지 하게 놔둡시다!"

"안 됩니다!" 교관이 딱 잘라 거부했다. "군가 대회면 군가를 불러야지, 이런 퇴폐적인 노래가 말이 됩니까?" 이어 버디를 노려보며 물었다. "지도교사가 누구야!"

8반 담임이 버디를 한번 보고 어쩔 수 없다는 표정으로 천천히 무대 앞으로 나갔다. 담임과 몇 마디 나누더니 교관이 대뜸 선언했다. “다음!”

이건 8반의 실격이나 다름없었다. 아한은 어안이 벙벙했다. 교관이 이렇게 엄격하게 나올 줄은 몰랐다.

버디도 믿기지 않는 표정이었다. 뛰쳐나가 교관에게 따지려는 기세였지만 곁에서 다른 아이들이 붙잡고 말렸다.

아한은 관람석의 후배를 돌아보았다. 충격과 아쉬움이 가득한 얼굴이었다. 금방이라도 버디를 위로하러 뛰어내려올 것만 같았다.

그러나 후배는 움직이지 않고 안타까운 눈으로 8반의 퇴장을 조용히 지켜보기만 했다.

아한의 입에서 긴 한숨이 흘러나왔다. 왠지 마음이 놓였다.

*

그날 밤, 버디 마음을 달래주고 싶었던 아한은 야시장에 가서 맛있는 거나 실컷 먹고 오자고 했다. 거절당할까 내심 걱정했는데 웬일인지 버디는 시원스럽게 그러자고 했다.

취침 시간, 아한은 일찌감치 외출복으로 갈아입고 침대에 누워 있었다. 사감의 손전등 불빛이 완전히 사라지자 아한은 즉시 이불을 젖히고 슬그머니 일어나 기숙사를 몰래 빠져나갔다.

담을 넘어가 오토바이를 끌고 돌아온 아한은 담장 밑에서 버디를 기다렸다.

시간이 자꾸 흘렀다. 약속 시간이 한참 지났는데도 버디가 나타나지 않았다.

아한은 담장만 주시하고 있었다. 나오다가 걸린 거 아닌가 싶어 초조해하는데 담 너머에서 버디의 머리가 쏙 올라왔다.

마음이 놓인 아한이 한숨을 쉬는 순간, 담장 위로 뛰어오른 버디가 몸을 돌려 누군가를 끌어올렸다.

그 후배였다.

아한의 얼굴에서 웃음기가 싹 사라졌다.

후배가 아한을 보며 손을 흔들었다. 아한도 어쩔 수 없이 뻣뻣하게 손을 흔들며 천천히 고개를 끄덕였다.

후배를 데려오느라 이렇게 늦은 걸까?

조심스레 후배를 담에서 내려주는 버디를 보며 아한은 이렇게 묻고 싶었다.

너한테 난 도대체 뭐냐?

"아한, 반반 좀 뒤에 태워. 난 자전거로 따라갈게." 버디가 말했다.

아한은 뭔가 하려던 말을 억지로 삼켰다.

반반이 오토바이 뒷자리에 앉자 아한은 반감이 불끈 치밀었다. 당장 내리라고 하고 싶었다!

이 오토바이는 자신과 버디의 것이었다! 그런데 반반이 무슨 자격으로?

하지만 아한은 꾹 참기로 했다. 버디를 위해서.

오토바이를 타고 야시장으로 가는 길에 반반은 끊임없이 버디를 돌아보았다.

뒤에서 자전거로 죽어라 따라오던 버디가 갑자기 소리 높여 노래를 불렀다.

우리의 세상은 네 말처럼 그렇게 나쁘지 않아
그러니 한숨 쉬지 마
네 관심과 사랑으로……

반반도 얼른 따라 부르기 시작했다.

여자애 특유의 높고 고운 목소리가 밤하늘에 울려퍼지자 아한은 저도 모르게 엔젤을 떠올렸다.

하지만 아한은 자기가 결코 엔젤을 좋아하지 않는다는 사실을 분명히 알고 있었다.

아한이 좋아하는 사람은 버디였다. 지난번 하느님 앞에서 고해할 때는 그 사실을 인정하지 않았지만.

그렇다면 버디는?

버디가 좋아하는 사람은…… 반반일까?

*

야시장에 이르렀다. 심통이 난 아한은 일부러 배고프지 않은 척하며 한쪽에서 오락기를 두드려댔다. 버디가 일말의 관심이라도 보일 줄 알았지만 볶음면만 죽어라 퍼먹고 있었다.

분풀이라도 하듯 버디는 벌써 세 그릇째 볶음면을 아귀아귀 먹어댔다.

옆에서 보다 못한 반반이 물었다. "볶음면이 교관으로 보여요?"

"응." 간신히 대답한 버디는 볶음면을 또 입속에 잔뜩 욱여넣었다.

"아예 그릇까지 먹어치우지 그래요?" 반반이 말했다.

버디가 냉큼 그릇을 들어 우적우적 씹는 시늉을 하자 반반이

까르르 웃으며 말렸다.

아한이 여러 판을 깨는 동안 버디는 그쪽에는 눈길도 주지 않았다. 답답해진 아한은 결국 콧잔등을 긁적이며 맥주 두 병을 들고 탁자 앞에 앉아 맥주를 따며 말했다. "아까 일은 잊어. 다 털어버려. 졌으면 어때? 자, 건배!"

"내가 졌다고 이러냐!" 버디가 말했다. "공연도 다 못 끝냈잖아. 그게 기분 나빠! 한 달도 넘게 다 같이 연습했는데. 대체 왜 그런대? 계엄 해제라며?"

아한은 말없이 버디를 바라보았다. 여러 가지 감정이 일며 마음이 복잡해졌다.

버디는 너무 순진하다.

계엄이 끝났다고 세상이 확 달라질 줄 아나?

아니, 하나도 변하지 않았다. 뿌리 깊이 박혀 있던 것들이라 하루아침에 바뀌기란 불가능하다.

아한은 이런 생각을 입 밖에 내지는 않았다. 버디의 분노를 냉정한 시선으로 바라보았을 뿐이다.

반반이 버디를 위로하려 했다. "내가 보기엔 선배들이 우승이에요! 관객들 반응 못 봤어요? 어차피 모험해본 거잖아요. 심사위원들이야 뭐 뻔했고요."

"다른 노래를 할 걸 그랬나? 〈이 세상〉은 좀 슬픈 느낌……" 아한의 말을 버디가 뚝 끊었다. "난 그 노래가 좋아. 좀 슬프다는 건 나도 알아. 그치만 나한텐 위로가 돼. 희망차고!" 버디는 고개를 홱 돌리고 또다시 〈이 세상〉을 부르기 시작했다.

반반도 웃으며 따라 불렀다.

청춘 남녀 둘이서 주거니 받거니 노래를 부르는데 호흡이 척척 맞았다.

아한은 불필요한 사람이 된 것 같았다. 자기는 애초에 이 자리에 있어서는 안 될 존재 같았다.

"요즘 누구 노래 들어?" 버디는 오로지 반반에게만 신경을 쓸 뿐 아한은 옆에 있든 말든 상관도 없는 듯했다.

"천성이요." 반반이 말했다.

"나도! 〈평범한 사람의 고백〉 좋더라. A면 세번째 곡." 버디가 말했다.

반반 얼굴이 활짝 펴졌다. "나도 그 노래 좋아하는데! B면 일곱번째 곡도 알아요?"

"〈나에게 돌아와〉!" 작은 가방에서 이어폰을 꺼낸 버디가 반반에게 웃으며 말했다. "같이 듣자."

버디는 반반 귓가의 머리칼을 부드럽게 쓸어넘기고 한쪽 귀에 이어폰을 끼워주었다. 나머지 한쪽은 자기 귀에 꼈다.

버튼을 누르자 두 사람 귓가에 노래가 울리기 시작했다. 두 사람만의 세상, 아한은 밖으로 완전히 밀려나버렸다.

참다못한 아한이 불쑥 물었다. "둘이 사귀냐?"

반반이 당황한 얼굴로 버디를 바라보았다. 그러다 얼굴이 빨개지며 눈길을 돌렸다.

버디가 헤헤 웃으며 말했다. "뭔 소리야. 반반이 부끄러워하잖아."

"내가 보기엔 선배들이 사귀는 것 같던데요. 둘이 맨날 찰싹 붙어다니잖아요." 반반이 화제를 돌리려고 일부러 농담을 했다.

순간 정적이 흘렀다.

반반의 말에 맞장구치려는 듯, 불편한 분위기를 깨려는 듯, 버디가 벌떡 일어나 아한에게 다가왔다. 아한의 얼굴을 받쳐든 버디는 입맞추려는 자세로 반반에게 말했다. "맞아, 우리 사귀어. 봐, 키스한다!"

반반이 재미있어하며 깍깍 웃었다. 버디는 연기력을 한껏 발휘해 입술을 오므리고 아한 얼굴에 들이댔다. 하지만 사실은 양손에 힘을 주어 거리를 유지하고 있었다.

여느 때라면 아한은 버디의 이런 엉뚱한 행동을 다 받아줬을 것이다. 그러나 오늘밤에는 심사가 완전히 뒤틀려 있었다. 버디가 이런 장난을 치자 짜증에 불이 붙었다. 아한은 버디의 손을 홱 뿌리치고 자기 손으로 버디 얼굴을 붙잡았다. 그리고 반반의 눈앞에서 진짜로 입을 맞췄다.

버디는 너무나 놀랐다. 허둥지둥 아한을 밀어내고 아한의 얼굴을 멍하니 바라보았다.

아한이 차갑게 웃으며 말했다. "왜, 키스하고 싶은 거 아니었어?"

"미친 새끼!" 버디는 이 한마디를 내뱉고 돌아서서 나가버렸다.

반반은 께름칙함과 안쓰러움이 뒤섞인 눈빛으로 아한을 보다가 일어나서 버디를 따라 나갔다.

탁자 앞에 홀로 남은 아한은 어쩔 줄 모른 채 쓴웃음만 짓고 있었다.

바보짓이었나.

처음부터 끝까지, 자기 혼자만 진심이었던 걸까.

*

돌아오는 길, 어색한 분위기를 풀려고 아한은 버디에게 오토바이를 타라고 했다. 자기는 버디의 자전거를 타고 가겠다며.

버디 앞에 있으면 아한은 언제나 마음이 약해졌다. 진심으로 모질게 대할 수가 없었다.

그리하여 버디는 아한의 오토바이에 반반을 태우고 가고, 아한은 자전거를 타고 한 손으로 오토바이 뒷좌석을 붙잡으며 따라갔다.

반반의 두 팔이 버디의 허리를 감싸고 있었다. 둘은 가는 내내 자신들만의 세상에 빠져든 채 웃으며 재잘거렸다. 그 모습을 보며 아한은 자기가 더더욱 멀리 밀려났음을 확인했다.

손을 놓았다. 오토바이가 점점 멀어지더니 마침내 후미등 불빛마저 시야에서 완전히 사라졌다.

그렇게 아한은 캄캄하고 적막한 도로 위에 버려졌다. 깊디깊은 외로움의 구렁텅이에 떨어진 기분이었다.

이 세상에, 이제 진짜 홀로 남겨진 걸까.

*

아한은 수업에 통 집중하지 못했다. 갑작스러운 버디의 변화를 도저히 마음에서 털어낼 수가 없었다.

아한은 알 수가 없었다. 그동안 얼마나 즐거웠던가. 그런데 지금은 왜 이토록 고통스러워진 걸까?

열여덟 살 아한은 가슴속 가득한 고민을 하소연할 데가 없었다. 할 수 있는 일이라고는 학교 성당에 가서 하느님께 속마음을 털어놓고 기도드리는 것뿐이었다.

하느님 아버지, 하느님께서 동성애를 안 좋아하신다면, 그러면…… 그냥 불을 내리세요. 아예 동성애자를 다 불살라버리시죠? 저도 이런 고통을 겪고 싶지 않다고요…… 동성애자는 하느님의 축복을 받을 가치도 없나요? 그런데 왜 우리 부모님을 보면 하나도 안 행복해 보이죠? 다바 패거리는 또 어떻고요. 머릿속에 여자애랑 잘 생각만 꽉 찼다고요. 구역질나요!

신부님 얘기로는 하느님께서 우리를 만드신 데는 다 이유가 있다던데요. 하지만 저를 왜 이렇게 만드시고, 제가 뭘 하길 바라시는지, 전 정말 모르겠어요. 도대체 저는…… 어쩌면 좋죠?

성당에 들어온 버디가 무릎 꿇고 기도하는 아한을 보았다. 깍지 낀 두 손을 이마에 대고 두 눈을 꼭 감고, 얼굴에는 고민이 가득해 보였다.

버디 얼굴에 순간 그늘이 스쳤다. 하지만 이내 평소처럼 장난스럽게 히죽거리며 아한 곁에 꿇어앉아 기도하는 시늉을 했다.

눈을 뜬 아한이 버디를 보고 언짢은 얼굴로 물었다. "왜 왔어?"

하지만 속으로는 기뻤다. 아한은 버디가 다시 잘 지내고 싶어서 자신을 찾아온 거라고 생각했다.

"기도하러 왔지." 버디가 당연하다는 듯 말했다.

"뭐라고 기도할 건데?" 아한이 물었다.

"네가 기도한 대로 하면 되지!" 버디가 대꾸했다.

자기가 방금 기도했던 내용을 떠올리자 불안해진 아한이 버디를 막으려 했지만 버디의 입에서 이런 기도가 흘러나왔다. "하느님, 저희가 이제 고3이 됐는데 장자한은 종일 마음이 무거운지 공부도 열심히 안 해요. 너무 외로운가봐요. 하느님의 위대하신 힘으로 저 녀석이 하루빨리 여자친구 좀 만나게 해주세요. 아멘!"

아한은 분노를 못 참고 벌떡 일어나 버디를 확 떠밀었다.

"내가 우습냐? 그렇게 재밌어? 뻔뻔한 자식!"

빨리 여자친구 만나게 해달라고?

버디한테 이제 자신은 필요 없다는 걸까?

돌아서서 나가려는 아한을 버디가 막아섰다.

"뭐 하자는 거야?" 아한은 당혹스러웠다. 버디의 속마음을 도무지 알 수가 없었다.

"내 말 좀 들어. 너 그러면 안 돼!" 버디는 이렇게 말하며 무심결에 아한의 이글거리는 눈빛을 피했다.

"뭘 그러면 안 돼?" 아한이 사납게 반문했다. 그러고는 버디를 힘껏 밀치고 밖으로 나가려 했다.

아한은 지금 버디와 마주하고 싶지 않았다. 버디 곁에 있으면 마음이 어지러워 이성까지 마비되는 것 같았다.

하지만 버디는 아한을 놔주지 않고 팔을 잡아 돌려세웠다. 그리고 아한을 마주보며 괴로운 얼굴로 말했다. "나랑만 놀려고 하면 안 된다고, 이 자식아. 우린 아주아주 좋은 친구잖아. 너도 여자친구 사귀어. 그럼 나한테 목맬 일 없잖아. 내가 소개해줘? 반반한테 말해서……"

아한이 대뜸 물었다. "둘이 벌써 사귀냐?"

아한은 오로지 버디가 반반과 사귀는지에만 신경이 곤두서 있었다. 그래서 '그럼 나한테 목맬 일 없잖아'라는 말 속에 숨은 뜻을 알아차리지 못했다.

버디는 아한에게 일부러 그러고 있었다.

좀더 신경썼더라면 아한도 알아차렸을 것이다.

하지만 그때 아한의 마음속을 가득 채운 것, 눈앞에 보이는 것은 단 하나였다. 버디가 어떻게 자신을 배신하고 버릴 수 있는지. 끓어오르는 분노에 아한은 도저히 냉정할 수 없었고 뒤에 숨겨진 진실을 볼 수 없었다.

너무 어렸다, 그때의 둘은.

그리고 아한은 버디를 너무나 좋아했다.

버디는 실실 웃기만 했다. 부인하는 대신 아한의 어깨에 그저 가까운 친구처럼 팔을 두르고 가슴을 툭툭 치며 말했다. "오토바이 좀 빌려줄래? 이따 반반 데리고 나가려고."

아한은 아무 말도 하지 않았다.

*

성당으로 들어온 올리버 신부의 귀에 무언가 희미한 소리가 들려왔다.

누군가 흐느끼는 소리 같았다.

어디서 나는 소리인지 찾아보던 신부는 한구석에서 울고 있는 아한을 발견했다.

신부를 본 아한은 얼른 눈물을 닦고 고개를 돌렸다.

"아한, 무슨 일 있어?" 올리버 신부가 물었다.

아한은 힘껏 코를 들이마실 뿐 대답하지 않았다.

올리버 신부는 재차 묻지 않고 아한을 일으켜세우며 운동장에 나가서 두 바퀴만 같이 뛰자고 했다.

아한은 순순히 신부를 따라갔다.

둘이서 운동장을 달리기 시작했다. 아한은 계속 속도를 올렸다. 휙휙 바람 소리가 귓가를 스쳤다. 자신도 바람처럼 사라져버릴 수 있다면 얼마나 좋을까 싶었다.

얼마나 달렸을까. 서쪽 하늘에 걸려 있던 해가 어느덧 기울어 보이지 않았다. 올리버 신부도 옆에서 계속 달리고 있었다. 아무 말도 하지 않고 아무것도 묻지 않은 채 신부는 그렇게 아한 곁을 지켜주었다.

해가 먼산 너머로 완전히 넘어가자 아한은 기진맥진해 두 다리가 후들거렸다. 아한은 운동장에 털퍼덕 무릎을 꿇었다가 아예 엎어져버렸다. 뒤따라온 올리버 신부도 아한 옆에 털썩 앉았다.

아한은 몸을 돌리고 누워서 까만 하늘을 올려다보았다. 오늘 밤에 버디는 또 반반을 데리고 몰래 나가겠지. 다정해 보이던 둘의 모습, 반반을 바라보던 버디의 눈빛…… 눈물이 펑펑 쏟아질 것만 같아 아한은 눈을 꾹 감아버렸다.

누구에게 도와달라고 해야 하는 걸까. 한참이 지나서 아한이 마침내 입을 열었다. "신부님, 만약에요, 누굴 좋아하는데 상대방이 그걸 모르면요. 그럴 땐 어떻게 해야 돼요?"

"말해야지!" 올리버 신부가 이마에 맺힌 땀을 훔치며 말했다.

아한은 곰곰이 생각에 잠겼다.

"신부님, 신부님 첫사랑은 왜 끝났어요?" 아한이 불쑥 물었다.

얼마간 말이 없다가 올리버 신부가 입을 열었다. "용기가 없었어. 그때 내가 조금만 더 용감했으면 첫사랑이 끝나진 않았을 거야."

그랬구나. 용기.

용기가 유일한 해답일까?

그렇다면 자신은 줄곧 용기가 부족했던 걸까?

"그다음엔 어떻게 됐어요?" 아한이 올리버 신부를 돌아보며 물었다.

올리버 신부의 표정을 보고 싶었다.

하늘만 하염없이 바라보는 신부의 얼굴에 보기 드문 슬픔과 아쉬움이 어려 있었다.

아한이 지금껏 한번도 보지 못한 표정이었다.

“그다음? 다음은 없어. 그저 날마다 하느님께 기도드릴 뿐이지. 그 사람이 좋은 짝을 만나 행복하게 살고 있기를.” 말을 마친 올리버 신부는 아한을 돌아보며 부드럽게 웃었다. “아한, 하고 싶은 말이 있으면 상대방한테 다 해버려! 이렇게 젊은데, 용감해야지!”

“하지만 부모님, 선생님, 학교, 다 우리 나이엔 연애하면 안 된다고……” 아한이 말끝을 흐렸다.

어른들은 하나같이 지금은 연애할 때가 아니라고 말하는데. 당당히 맞서서 자신의 뜻대로 하려면 얼마나 용감해야 하는 걸까?

“아한, 내가 항상 하는 말 알지? 프로피테 뒤 모망!” 올리버 신부가 말했다.

날이 완전히 저물었다. 땀을 뻘뻘 흘릴 만큼 뜨겁던 몸에 슬슬 한기가 느껴졌다.

아한은 벌떡 일어나 또다시 달리기 시작했다. 달리면서 소리 높여 외쳤다. “프로피테 뒤 모망!”

한번뿐인 인생이다. 온갖 제약 때문에 지금 이 순간을 누리지 못한다면, 그렇게 사는 게 무슨 의미가 있을까?

7
사고

아한은 오후 내내 공원에서 기다리고 있었다.

토요일이라 공원은 놀러 나온 사람들로 북적북적했다. 아한은 한적한 곳을 약속 장소로 정해 그 사람을 기다리고 있었다.

하지만 그 사람은 좀처럼 나타나지 않았다.

아한은 또다시 공중전화박스로 가서 동전을 꺼냈다. 그리고 한참을 망설이다 동전을 집어넣었다.

용기를 내. 아한은 스스로를 격려했다.

"버디에게 전해주세요." 아한이 교환수에게 말했다. "아한이 찾는다고, 어디 있냐고요. 그리고…… 제발 삐삐에 답 좀 하라고."

전화를 끊고 나온 아한은 계속 공원에서 버디를 기다렸다.

날이 어둑해지는데도 버디는 나타나지 않았다.

아한은 우울하게 호숫가에 앉아 있었다. 어딘가에서 라디오 소리가 나기에 돌아보니 한 남자가 옆에서 호수 속 물고기에게 빵 부스러기를 뿌려주고 있었다. 친절해 보이는 얼굴에 작고 마른 몸집, 오륙십대로 보이는 초로의 남자였다.

남자가 아한을 보며 빙그레 웃었다.

예의상 아한도 웃어 보였다.

조금 뒤 남자가 보온병에서 뜨거운 차를 따라서 아한 옆에 놓았다.

아한은 손도 대지 않았다.

날이 완전히 저물었다. 아한은 길가의 가로등 아래로 자리를 옮겼다. 그 낯익은 그림자가 나타나리라는 희망을 버리지 않은 채 삐삐를 들여다보다 공원 입구를 주시하다 하며 서성였다.

버디는 왜 안 오는 걸까?

오늘 버디에게 말할 작정이었다. 그런데……

뒤에서 갑자기 발소리가 들렸다. 아한은 흥분을 감추지 못하고 얼른 돌아섰다. 그런데 아까 그 남자였다. 아한이 배고플까봐 걱정이라도 되는 듯 이번에는 따뜻한 찐빵을 들고 있었다.

아한은 실망감이 역력한 얼굴로 돌아서서 호숫가를 걷기 시작했다.

그 남자도 뒤를 따랐다.

아한은 어렴풋이 낌새를 눈치챘지만 티를 내지 않았다.

밤중에 혼자 공원을 어슬렁거리는 젊은 남자. 무슨 의도로 보일까?

호숫가를 거닐던 아한은 뭔가 결심한 듯 호수 기슭에 있는 정자로 들어갔다. 그리고 몸을 돌려 남자와 마주섰다.

남자의 눈 속에서 낯익은 불꽃이 타오르고 있었다. 오래전 아한이 룽 형의 눈에서도 보았던 것이다.

그것은 욕정이었다. 육체를 향한 갈망.

아한에게 다가선 남자가 손을 뻗어 아한의 얼굴을 감상하듯 어루만졌다. 아한은 솟구치는 역겨움을 간신히 참고 있었다.

아한은 자포자기한 상태였다. 버디가 자신을 원하지 않는 마당에 아무나 와도 상관없었다!

남자가 아한의 바지 지퍼를 내렸다. 아한이 망설인 끝에 손으로 막았지만 남자는 이미 꿇어앉아 있었다. 남자가 아한의 손을 치우고 지퍼 사이로 튀어나온 은밀한 곳으로 자신의 손을 갖다 댔다. 그러자 아한은 단단히 각오한 듯 두 눈을 질끈 감고 자신의 손을 거두었다.

사타구니에 남자의 축축한 입술이 와 닿았다. 이어 남자는 아한의 성기를 바지 밖으로 꺼냈다. 순간 아한은 엉엉 울고 싶은 심정이었다.

자신의 마음이 통째로 끄집어져 나와 아무에게나 짓밟히는 기분이었다.

하지만 원래 그 사람에게 주려던 마음이었다.

남자의 쭈글쭈글한 손이 그곳을 능숙하게 주물렀다. 이를 악물고 견디던 아한은 결국 참지 못하고 남자를 밀어젖혔다. 남자는 굴하지 않고 다시 달라붙어 입을 맞추며 아한의 옷 속에 두 손을 집어넣고 마구 더듬었다. 그리고 아한의 손을 잡아끌어 자기 사타구니로 가져갔다. 아한은 더는 도저히 참을 수가 없어 손을 힘껏 뿌리치고 남자를 홱 밀어버리며 버럭 소리를 질렀다.

"꺼져! 난 너 같은 사람 아냐! 구역질나! 저리 꺼져버려!"

분노 때문일까, 수치심 때문일까. 아한은 온몸이 펄펄 끓어오르는 것만 같았다. 도망치다시피 정자를 빠져나오며 저도 모르게 눈가에 눈물이 차올랐다.

도대체 무슨 짓을 한 걸까?

어쩌다 이 지경이 된 걸까. 저렇게 역겨운 놈한테 몸을 맡기다니.

아한은 머릿속이 잿더미가 된 것만 같았다.

남자는 이번에는 아한을 따라오지 않고 정자에 홀로 남아 있었다.

*

다음날 아침, 관악부 연습실. 아한은 트럼펫을 들고 열심히 연습하는 것처럼 보였지만 마음은 딴 데 가 있었다. 어젯밤 공원에서 있었던 일이 머릿속에서 떠나지 않았다.

완전히 바닥을 친 심정이었다.

어젯밤, 도대체 무슨 일이었을까?

어떻게 낯선 사람에게 자신의 몸을 함부로……

그 생각만 하면 아한은 속이 뒤집어지며 토할 것만 같았다.

갑자기 버디가 다가와 아한을 툭 쳤다. 아한은 어제 바람맞은 일로 잔뜩 화가 나 있었다. 일부러 무시하며 눈길도 주지 않았다.

"어제 삐삐 쳤어? 오토바이가 급했나봐? 어제 반반 만나러 가면서 기숙사에 삐삐를 두고 나갔어. 돌아오니까 너무 늦었더라고. 잘까봐 답을 못했어." 버디가 변명했다.

아한은 한숨을 푹 쉬고 얼마 남지 않은 마지막 용기를 쥐어짰다. "나…… 너한테 할말이 있어."

버디가 웃으며 말했다. "그래, 이따 밤에 얘기하자! 한밤중에 나랑 같이 갈 데가 있거든." 그러고는 장난스럽게 윙크를 했다.

"음…… 지금 말하고 싶은데. 잠깐만……" 그때 관악부 지휘자가 큰 소리로 외쳤다. "국기 게양 시간이다. 제자리로!"

아한은 이번에도 기회를 놓치고 말았다.

어느새 자기 자리로 돌아간 버디의 얼굴에 알쏭달쏭한 미소가 어려 있었다.

아한은 버디의 자리를 멍하니 바라보았다.

언제부터 버디가 아한의 옆에 앉지 않게 된 걸까?

*

밤에 몰래 기숙사를 빠져나간 둘은 도로 옆 공사장에 이르렀다.

아한은 줄곧 버디에게 말할 기회를 잡으려 했지만 버디는 지금 큰일을 해야 하는데 도와줄 사람이 아한밖에 없다면서 모른 척 자꾸만 말머리를 돌렸다.

아한은 어쩔 수 없이 일단 할말을 삼키고 영화 포스터를 훔칠 때처럼 잠자코 망을 봐주었다.

공사장으로 몰래 들어간 버디가 급수탑 위로 기어오르기 시작했다.

버디의 뒷모습을 보면서 아한은 이런 생각을 했다. 버디를 알고부터 버디는 줄곧 담을 넘고, 줄곧 세상이 정해놓은 규칙을 깨려 하는구나.

버디가 진정 원하는 건 대체 무엇일까?

"뭐 하는 거야? 야…… 도와줘?" 아한이 참다못해 물었다.

"조용히 해!" 버디가 나직이 말했다. "그냥 거기서 기다려."

아한은 고개를 쳐들고 위를 보았다. 뭔가 이상했다. 공사장 위에 떠 있는 거대한 애드벌룬이 천천히 내려오는데…… 아니, 설마 저걸 훔치려고?

"그걸 훔쳐서 어디다 쓰게?" 아한이 의아해하며 물었다.

"나중에 다 알게 돼!" 버디가 말했다.

버디가 애드벌룬을 가지고 잽싸게 내려왔다. 아한은 도와주러 가면서 말을 꺼냈다. "버디, 어제 하려고 했던 말……"

버디가 냉큼 말을 끊었다. "알아! 어제 일은 너무너무 미안해. 화 많이 났지? 진짜로 삐삐 두고 나갔어. 거짓말 아냐!"

또 저러는구나.

아한이 무슨 얘기를 하려는지 아는 것처럼, 말을 꺼내려고 할 때마다 버디는 서둘러 딴소리를 했다.

아한은 괜한 걱정이길 바랐다.

아한이 무슨 말을 하려는지 버디가 진짜로 안다면, 그런데도 아한을 거절하고 반반과 사귀며 일부러 아한을 멀리하는 거라면 버디의 이런 태도는 아한에게 더 큰 상처를 주는 거나 다름없었다.

완곡한 거절이 거듭될 때마다 아한의 용기도 점점 사그라들었고, 결국은 하나도 남지 않았다.

아한은 그저 침묵할 수밖에 없었다.

멀리 공중에 떠 있을 때는 그렇게 커 보이지 않더니, 조금씩 끌어내리면서 보니까 애드벌룬의 크기가 어마어마했다. 가까워질수록 자꾸만 커지는 애드벌룬을 보며 버디는 저도 모르게 흥분했다. 땅바닥으로 끌려내려온 애드벌룬은 4미터는 족히 되어 보였다. 아한도 휘둥그레진 눈으로 애드벌룬을 보며 물었다. "이렇게 큰 걸로 대체 뭘 할 작정이야?"

"지금은 몰라도 돼. 며칠 있으면 저절로 알게 돼." 버디가 말했다.

몇 번을 물어도 버디는 공사장까지 와서 왜 이걸 훔친 건지 말해주지 않았다. 아한은 괜히 기운 빼지 않기로 하고 입씨름을 그만두었다.

버디는 오토바이 뒷좌석에 앉아 애드벌룬 줄을 꼭 감아쥐었다. 거대한 애드벌룬이 온 도로를 막아버렸지만 다행히 깊은 밤이었다. 차량이 거의 없어 큰 소란은 일지 않았다.

아한이 점점 속도를 올리자 버디는 애드벌룬을 붙들고 있기가 힘들어져 줄을 확 풀어버렸다. 거대한 애드벌룬이 텅 빈 도로에서 힘차게 날아오르는 모습을 보며 버디가 기분좋게 외쳤다. "이야! 합동작전 성공!"

아한은 우울한 얼굴로 말없이 오토바이만 몰 뿐이었다.

*

며칠 뒤 조회 시간. 관악부원들이 국기가*를 연주하는 가운데 국기가 천천히 올라가고 있었다. 갑자기 국기 게양대 앞에 있던 학생들이 술렁이기 시작하더니 누군가 게양대 뒤쪽을 가리켰다.

아한도 고개를 들어 그쪽을 보았다. 국기 뒤쪽에서 거대한 애

* 타이완에는 국기를 게양할 때 쓰는 곡이 따로 있다.

드벌룬이 불쑥 나타나 유유히 떠오르고 있었다. 모든 이의 시선이 그리로 쏠렸다.

며칠 전 아한과 버디가 공사장에서 훔쳐온 바로 그 애드벌룬이었다. 애드벌룬에 매달린 광고 현수막에는 남색 스프레이 페인트로 커다란 글씨가 덧씌어 있었다. "잘 자! My Love!"

아한은 즉시 버디를 돌아보았다. 버디는 저쪽에 있는 반반과 눈빛을 나누고 있었다.

반반이 수줍은 미소를 띠며 고개를 숙였다.

아한은 그대로 얼어붙고 말았다.

버디는 이미 알고 있었던 것이다.

국기 게양대 앞에서는 아직도 소곤거림이 멈추지 않았다. 아한은 심호흡을 하고 트럼펫 연주를 이어갔다.

반반이 다시 고개를 들어 버디를 보았다. 버디의 시선은 어느새 아한에게로 옮겨가 있었다.

아한을 바라보는 버디의 눈빛에서 반반은 묘한 슬픔을 감지했다. 하지만 너무 순간적으로 스쳐가는 바람에 알쏭달쏭했다. 눈이 잠깐 침침했던 건가.

버디도 슬플 때가 있다고? 언제나 정신 나간 것처럼 장난만 치는데.

국기 의례가 끝났다.

관악부원들이 줄지어 퇴장할 때 아한은 버디의 손을 잡아당기며 차디차게 물었다. "이거 하려고 훔친 거였어?"

"그래, 서프라이즈!" 버디는 유난히 기분좋게 웃고 있었다.

"그러니까 '잘 자'가 무슨 뜻인지 아는 거였냐?" 아한이 물었다.

"네가 말 안 해주기에 내가 직접 알아봤지." 버디는 태연자약했다.

아한은 뚜껑이 확 열려버렸다.

알고 있었다니. 버디가 다 알고 있었다니!

그런데도 자신의 고백을 웃음거리로 삼았다니.

심지어 코앞에서 다른 여자에게 똑같은 방법으로 고백을 하다니!

너 도대체 날 뭘로 보는 거야?

아한은 버디의 멱살을 쥐고 이렇게 소리치고 싶었다.

하지만 아한은 그럴 수가 없었다.

대답을 듣기가 두려웠으니까.

국기 게양대 뒤에서 노발대발한 교관이 교직원들과 함께 허둥지둥 애드벌룬을 끌어내리고 있었다. 그 모습을 구경하며 아이

들은 터져나오는 웃음을 참을 수가 없었다.

학생주임이 마이크를 들고 다들 조용히 하라고 소리쳤지만 아무 소용이 없었다.

버디가 어깨로 아한을 툭 치며 물었다. "밤에 오토바이 좀 빌려주라?"

"뭐 하게?" 아한이 얼음장처럼 차갑게 물었다.

"반반 생일이거든. 바닷가 드라이브나 하게." 버디가 말했다.

아한은 입술을 꽈악 깨물었다. 그리고 마음을 뒤흔드는 극심한 괴로움을 간신히 억누르며 물었다. "그러니까…… 난 도대체 뭐야?"

"내 가장 좋은 친구잖아! 당연한 걸 뭘." 버디가 아한의 어깨를 툭툭 치며 대답했다.

아한은 어깨에 놓인 버디의 손을 힘껏 뿌리치고 성큼성큼 자리를 떴다.

내 가장 좋은 친구잖아. 당연한 걸 뭘.

이게 버디의 대답이었다.

아한과 버디는 그저 친구다.

친구끼리는 포옹도 입맞춤도 친밀한 스킨십도 하고픈 마음이 없는 거다. 그렇지 않은가?

아한은 자신이 울고 있음을 알아차렸다. 이런 괴로움은 태어나서 처음이었다. 실연의 아픔이 이런 걸까?

나는 반반을 좋아하지 않는다.

나는 여자를 좋아하지 않는다.

하지만 이게 버디의 선택이라면……

어떻게 해야 할까.

*

반반이 친구와 함께 철조망 옆을 지날 때였다. 누군가 부르는 소리가 들렸다.

돌아보니 아한이 서 있었다.

반반은 친구와 몇 마디 주고받은 다음 아한에게 다가갔다.

"선배, 나 불렀어요?"

아한이 고개를 끄덕이며 말했다. "너한테만 따로 할말이 있는데. 괜찮아?"

반반이 잠깐 생각하고 말했다. "여기서 말하긴 불편하죠?"

"수업 끝나고 관악부 연습실 뒤에서 볼까?" 아한이 물었다.

반반은 뭔가 생각하는 눈빛으로 아한을 보다가 고개를 끄덕였다.

"버디한테는 말하지 말고." 자리를 뜨기 전에 아한이 당부했다.

반반은 머뭇거리다가 다시 고개를 끄덕였다.

반반은 아한의 뒷모습을 지켜보며 가만히 생각했다. 나만 따로 보자는 이유가 뭘까.

*

반반은 아한도 자기를 좋아하는 거라고 여겼다.

반반은 줄곧 남학교였던 베르테르고등학교에서 올해 처음으로 받은 1학년 여학생이었다. 얼굴도 예쁘장하고 성격도 활발해서 관심을 보이는 남학생이 끊이지 않았다. 버디와 몰래 사귀는 거나 마찬가지라 해도 이런 관심이나 다른 남학생들의 구애를 즐기지 말란 법은 없었다.

아한은 버디보다 훨씬 성실해 보였다. 재미는 좀 없는 편이지만 무척 다정하고 세심했다. 지난번에 군가 대회 끝나고 셋이서 야시장에 갔을 때도 버디는 볶음면 먹을 생각뿐이었지만 아한은 대신 주문도 해주고 젓가락도 가지런히 놔주었다. 음식이 나오자 또 말없이 일어나 냅킨을 가져와 두 사람에게 건네주었다. 자기와 버디가 신나게 수다를 떠니까 눈치껏 떨어져 전자오락을 하다가 돌아올 때는 맥주를 들고 왔다.

아한과 사귄다면? 버디처럼 재미나진 않겠지만 여자친구를 굉장히 아껴주고 챙겨줄 것 같았다.

그래서 아한에게 의남매 하자는 말을 듣자 반반은 자기 짐작이 맞았구나 싶었다. 너무 직접적으로 말하기는 곤란해서 아한이 에둘러 말하는 거라고 여겼다.

"그러면 앞으로도 쭉 셋이 같이 놀러 다녀도 되잖아. 어때?" 아한이 물었다.

버디의 마음이 자신에게 있지 않다는 걸 알면서도 아한은 버디를 완전히 놓을 수가 없었다. 비참하긴 해도 적어도 버디의 친구로라도 남아야 했다. 그러면 버디 곁을 지킬 수는 있을 테니까.

"갑자기 왜요?" 반반이 고개를 갸웃거리며 물었다.

아한은 웃었지만, 반반 눈에는 억지로 쥐어짜낸 웃음이라는 게 빤히 보였다.

대답이 궁색해진 아한은 괜스레 버디 얘기를 꺼냈다. "버디 그 녀석 말이야…… 애가 좀 충동적이고 산만하잖아. 무슨 일을 할 때 뇌를 거치지 않고 그냥 막 저지르니까 네가 옆에서 잘 좀 살펴줘."

이런 얘기가 나오다니, 반반은 뜻밖이라고 생각했다.

"버디가 맨날 싱글싱글 웃고 있지? 근데 그 녀석은 힘들 때도 웃어." 아한이 말을 멈췄다. 아무리 아쉬워도 버디를 이 여자애한테 넘겨줄 수밖에 없다고 생각하면서. 버디가 좋아하는 사람이니까. "사실 버디는 외로운 걸 무지 싫어해. 옆에 누군가가 필요한 애야. 너도 차츰 알게 될 거야……"

이것이 아한이 아는 버디였다. 아한은 반반도 자기만큼 버디를 이해하게 되길 바랐다. 그러면 버디를 더 사랑해줄 수 있을 테니까.

아한을 빤히 쳐다보던 반반은 버디 얘기를 하면서 아한의 눈에 무심코 드러난 아쉬움과 미련을 보고 말았다.

순간, 반반은 뭔가 알 것 같았다.

"됐어요." 반반이 대뜸 말했다.

아한은 어리둥절했다. "뭐가?"

"의남매 하기 싫다고요." 반반이 떠보듯 물었다. "진심 아니잖아요. 그죠?"

아한은 순간 할말을 잃었다.

여자의 마음이란 정말 세심하다.

어쨌든 아한도 진심으로 의남매를 맺고 싶은 것은 아니었다. 버디 곁에 남으려는 구실에 지나지 않았다.

"그래, 뭐 괜찮아." 아한은 돌아서서 가려 했지만 반반에게 옷자락을 붙잡혔다.

"솔직히 선배, 나 싫어하잖아요. 아니에요?" 반반이 물었다.

"내가? 아닌데." 아한이 황급히 부인했다.

차마 인정할 수가 없었다.

반반은 버디의 여자친구다. 그런데 어떻게 싫어할 수 있을까?

"그런데 왜 날 똑바로 본 적이 없어요?" 반반이 계속 캐물었다.

지금껏 반반은 아한이 수줍어서 그러는 줄 알았다. 그런데 이제 보니 진짜 자기가 보고 싶지 않았던 것이었다. 다른 이유로.

아한은 허를 찔린 기분이었다. 자신이 무심코 했던 행동들이 반반의 눈에 빤히 보였을 줄은 몰랐다.

찜찜한 기분이었다.

꽁꽁 감추고 있다고 생각한 비밀이 갑자기 낱낱이 파헤쳐지다니.

그것도 자신이 가장 질투하는 그 사람에게.

"너는 내 친구의 여자친구잖아. 널 봐서 뭐 하게?" 당황한 아한이 허둥지둥 찾아낸 핑계였다.

반반은 확실히 알아차렸다.

아한은 수줍어서 그런 게 아니라, 정말 자기한테 관심이 없는 것이었다.

약이 오른 반반이 일부러 물었다. “어떤 스타일 좋아해요? 내 친구 가운데 한 명 소개해줄게요.”

“됐어, 난 지금 여자친구 사귈 생각 없어.” 아한은 빨리 그 자리를 벗어나고 싶을 뿐이었다.

“그럼 난 어때요?” 반반이 물었다.

아한은 눈이 휘둥그레졌다. 지금 무슨 말을 들은 거지?

곧이어 화가 불같이 치밀어올랐다. 아한이 사납게 말했다. “지금 무슨 소린지 알고 하는 거야? 버디는 널 진짜 좋아해. 버디를 진심으로 아껴줘. 버디한테 상처 줬단 봐. 그랬다간 절대 용서 안 해, 평생!” 그러고는 바로 씩씩거리며 가버렸다.

성큼성큼 걸어가는 아한의 뒷모습을 지켜보며, 반반은 뭔가 알 것 같았다. 하지만 그게 정확히 뭔지는 여전히 아리송했다.

*

주말이라 집에 와 있는 아한의 삐삐가 오랜만에 울려댔다.

아한이 맥없이 삐삐를 집어들었다. 낯선 번호였다. 아한은 망설이다가 전화를 걸었다.

"네? 뭐라고요?" 아한의 얼굴이 하얗게 질렸다.

아한은 전화를 끊자마자 부랴부랴 뛰쳐나갔다.

버디가 사고를 냈다.

아한은 택시를 잡아타고 사고 현장으로 달려갔다. 아한에게 삐삐를 친 사람은 빈랑*을 파는 노점상 아가씨였다. 버디는 노점상 건너편 길가에 주저앉아 있었다.

아한이 헐레벌떡 달려왔을 때 버디는 상처가 가득한 몸을 간신히 일으키려는 참이었다. 아한이 급히 가서 부축하며 물었다.
"괜찮아?"

"미안, 네 오토바이가 망가졌어. 내가 물어줄……" 버디의 말이 끝나기도 전에 아한이 벌컥 화를 냈다. "누가 미안하단 말 듣고 싶대? 누가 물어내래? 조심 좀 하지!"

잔뜩 다친 몸으로 어쩔 줄 모르는 버디를 보며 아한은 가슴이 미어졌다. 그리고 이 녀석이 자신의 몸을 소홀히 다뤄서 더 화가 났다.

* 타이완 사람들이 즐겨 씹는 기호품.

"수리비 나오면 말해줘. 내가……" 버디가 끈질기게 말했다.

아한은 끝내 이성을 잃고 말았다. 처음으로 버디에게 히스테리 부리듯 고래고래 소리를 질렀다. "누가 너한테 물어내래? 사람 말귀도 못 알아들어?"

버디는 고개를 떨구고 입을 다물었다.

그 모습을 보자 아한은 곧바로 마음이 약해지며 조금 전 자신의 행동을 후회했다.

"구급차 불렀냐?" 아한이 물었다.

"부를 필요 없어." 버디가 말했다.

아한이 일어나서 주위를 두리번거렸다.

"공중전화 찾아볼게. 얌전히 기다려!"

"저기 노점상 누나가 불러줬어. 좀전에 전화해달라고 부탁했어." 버디가 건너편을 가리키며 말했다.

아한은 차가 오는지 살피지도 않고 서둘러 길을 건넜다. 달려오는 덤프트럭을 보고 버디가 기겁해 소리를 지르려는 순간, 천만다행으로 아한이 딱 멈춰 섰다. 운전사가 경적을 마구 울리더니 창문을 열고 버럭 소리쳤다. "어린놈이 벌써 죽고 싶어 환장했냐!"

버디는 힘없이 주저앉아 이 광경을 보고 있었다. 화가 나면서도 웃음이 났다.

버디가 고개를 수그렸다. 갑자기 피곤이, 너무나 큰 피곤이 몰려왔다.

*

구급차가 왔다.

버디는 미성년자에 무면허라 병원에서 가족에게 연락을 취했다. 부랴부랴 달려온 버디의 아버지가 한바탕 난리를 치더니 가기 전에 이런 말을 내뱉었다. “너 같은 놈은 태어나지 말았어야 해! 아주 그냥 하루도 조용할 날이 없어!”

아한은 옆에 서서 아무 말도 못한 채 버디를 걱정스럽게 힐끗거렸다. 버디는 익숙한 일인지 무표정한 얼굴이었다.

버디는 젊고 건강했다. 심하게 구르긴 했지만 오른쪽 다리가 접질리고 왼팔에 금이 간 정도였다. 그래도 팔에 깁스를 하자 거동이 많이 불편해졌다.

병원을 나서며 버디는 옆에서 부축해주는 아한에게 미안해하는 목소리로 말했다. “오토바이는 카센터로 보내서 얼마나 망가졌나 알아볼게. 내가 꼭 수리해줄게. 걱정 마!”

그 말에 아한은 더욱 화가 났다. "내가 언제 오토바이 걱정한 댔냐?"

머쓱해진 버디가 입을 다물었다.

*

학교로 돌아오자 붕대를 휘감은 버디에게 우르르 시선이 쏟아졌다. 하지만 버디는 도와주려는 아한을 기어이 뿌리치고 혼자 목발을 짚고 절뚝거리며 힘겹게 움직였다.

처음에는 아한도 싸늘하게 신경을 껐다. 그런데 저녁에 샤워를 마치고 나올 때 속옷 바람으로 샤워장에 절뚝절뚝 들어오는 버디와 마주치자 더는 모질게 대할 수가 없었다.

아한이 가만히 한숨을 쉬고 도와주러 다가갔지만 버디는 단번에 거절했다. "됐어. 혼자 할게."

아한은 한쪽으로 물러서서 겨우겨우 샤워실로 들어가는 버디를 차가운 눈으로 지켜보았다. 문도 제대로 못 닫는 걸 보니 혼자 옷을 벗고 제대로 씻을 턱이 없었다.

아한은 아무 소리 없이 따라 들어가 문을 닫고 걸어 잠갔다.

그리고 버디가 거절할 틈도 없이 옷 벗는 걸 도와주기 시작했다.

버디는 얼굴이 벌게졌다. 옷을 다 벗은 버디가 그만 나가라고 했지만 아한은 못 들은 척 얼굴을 돌리고 샤워기를 들어 버디에게 물을 뿌려주었다. 자기 몸이 젖는 것은 아랑곳하지 않았다.

그러고는 비누를 집어 비누칠을 해주었다. 하반신에 비누가 닿자 움찔한 버디가 손을 뻗으며 말했다. "내놔, 내가 할게."

아한이 비누를 건넸다. 버디는 받지 못하고 비누를 떨어뜨렸다. 주워주려던 아한은 마음을 바꿔 버디를 벽으로 콱 밀어붙이고 다리에 벅벅 비누칠을 했다.

"젠장…… 살살 좀 해……" 버디가 못마땅한 듯 말했다.

아한은 이를 악문 채 비누칠을 계속했다. 손에 점점 힘이 들어갔다. 손에 잡힌 버디의 물건이 금세 반응하며 점점 크고 딱딱해졌다. 아한은 더 세게 힘을 주었다. 차가운 공기를 들이마시며 신음을 억누르는 버디의 숨소리가 들려왔다.

버디는 있는 힘을 다해 참아내려 했다. 저항할 기운이 없었다.

아한은 흥분을 느꼈다.

동시에 어떤 보복의 쾌감도 느꼈다.

아한과 버디 사이에서 줄곧 버디가 주도적이었고 아한은 고분고분 따랐었다. 그런데 지나고 나서 보니, 자신은 버디가 갖고 놀던 장난감일 뿐이었다.

아한은 원래 잘 지냈지 않나? 아한에게 먼저 집적거린 사람은 버디다. 그러다가 이유도 없이 버림받은 것 아닌가?

지금은 과연 누가 누굴 갖고 노는 걸까?

"그만……" 버디의 애원은 꽉 막힌 비명 같았다. 밖에 있는 사람들 때문에 큰 소리를 낼 수가 없었다. 버디는 시뻘게진 얼굴로 입술을 꽈악 깨물며 아한을 노려보았다.

아한이 버디를 홱 돌려세웠다. 버디는 차가운 벽을 보며 벽에 붙어섰다. 등뒤로 아한의 몸이 바싹 다가붙었다. 아한의 손은 여전히 버디의 하반신에서 쉬지 않고 움직였다. 단단한 물건이 엉덩이 사이에 닿는 것을 느끼자 버디의 귀가 더욱 시뻘게졌다.

"장자한, 너…… 아—" 터져나오려던 신음이 뚝 끊겼다. 아한이 손아귀로 버디의 입을 틀어막은 것이었다.

아한의 커다란 손이 코까지 막아버려 버디는 숨이 턱 막혔다.

"억……" 어느새 버디는 눈물을 흘리고 있었다. 질식의 고통과 육체의 쾌감이 교차했다. 허벅지 근육이 팽팽해지며 신음을 억누를 수가 없었다. 아한의 손 안에 사정하려는 순간, 버디는 어쩔 수 없이 아한의 손가락을 꽉 깨물었다.

아픔을 못 이긴 아한이 손을 힘껏 뿌리치며 버디를 밀어냈다.

좁은 샤워칸 안에서 두 친구는 얼굴을 맞대고 섰다. 이제 피할 곳도 없었다. 가면도 쓸 수 없었다. 둘은 그렇게 서로를 마주보았다. 아한은 버디의 눈 속에서 번민과 수치와 분노를 보았다. 그리고 깊고 깊은 곳에 눌러놓았던 괴로움도.

바깥에서 사람들이 돌아다니는 소리가 나고 여기저기서 물소리도 들려왔지만 둘은 서로의 숨소리를 또렷이 들을 수 있었다.

버디가 불쑥 아한에게 다가섰다. 그리고 깁스를 한 왼팔로 아한의 가슴을 퍽 치더니 그대로 아한을 덮쳤다. 아한에 뒤질세라 버디는 멀쩡한 오른손으로 흠뻑 젖은 아한의 팬티 위를 거칠게 주무르며 입술로 아한의 입술을 세차게 덮어버렸다.

얼떨떨해 있던 아한은 이내 버디를 뜨겁게 받아들였다. 희열이 북받치는 그 순간 이상하게 눈시울이 축축해졌다.

갑자기 들이닥친 입맞춤은 간절하고 격렬했다. 부드러운 입술, 가볍게 부딪치는 치아가 느껴졌다. 이제 억누를 수도, 기다릴 수도, 숨길 수도 없었다.

한순간에 모든 것이 터져버렸다.

마약과도 같은 쾌락에서 아한은 도저히 헤어날 수가 없었다.

그동안 상상만 해온 그 욕망이 이제야 이루어졌다. 상상하던 것과 똑같은 모습으로.

아한은 목구멍에서 새어나오는 낮은 신음을 참을 수 없었다. 눈을 감고 빠져드는 순간, 갑자기 버디가 아한을 확 밀어냈다.

아한이 눈을 떴다. 울고 있는 버디가 보였다.

버디가 재빨리 고개를 숙였다. 어색한 침묵이 흘렀다.

방금 전의 열정은 한바탕 꿈이었을까. 아한은 천천히 차가운 현실로 돌아왔다.

버디 몸에 남은 비누 거품을 보고 아한은 말없이 샤워기를 들고 버디를 씻어주었다.

"……미안."

주룩주룩 쏟아지는 물소리 속에서 버디의 목소리가 희미하게 들려왔다.

왜 미안하다는 걸까?

이어 물소리에 섞여 버디가 흐느끼는 소리가 들렸다.

"미안해…… 미안해…… 미안해……" 버디는 울면서 연거푸 미안하다고 했다.

아한은 당황했다.

버디가 왜 자꾸 미안하다는 걸까?

이 모든 게 일어나서는 안 되는 일이었다면, 미안하다고 해야 할 사람은 버디가 아니라 아한 자신인데.

"버디……?" 아한은 자기가 또 무슨 잘못을 한 건지 몰라 무력하게 버디를 지켜보았다.

더는 버디의 미안하다는 소리를 듣고 있을 수가 없었다. 아한은 문을 열고 샤워칸을 나갔다.

온기가 남아 있는 샤워칸과 달리 바깥세상은 그저 춥기만 했다.

8
처벌

그날 밤 이후로 버디는 아한에게서 더 멀어졌다.

전에는 그래도 좋은 친구처럼 대했지만 그날 이후 버디는 아한을 완전히 모르는 사람 취급했다. 학교에서 뻔히 보는 사이인데도 그냥 무시했다.

그날 밤에 버디가 갑자기 입을 맞추지 않았다면, 아한도 체념하고 이 모든 걸 받아들였을 것이다.

하지만 그 입맞춤이 모든 걸 바꿔놓았다.

아한도 이제 버디가 자신에게 아무 감정 없는 게 아니라는 걸 알았다. 그런데 왜 자신을 본체만체하는 걸까?

아한이 농구장을 지날 때였다. 멀리서 농구하는 버디가 보였다.

완전히 나은 것도 아니면서 그새를 못 참고 뛰고 있었다.

버디는 레이업슛을 멋지게 성공시키곤 기분좋게 소리를 질렀다. 그러다 무심결에 아한과 눈이 마주쳤지만 얼른 고개를 돌리며 못 본 체했다.

아한은 마음이 갈가리 찢어지는 것만 같았다.

이 세상에 없는 사람처럼 차갑게 무시할 바에는, 차라리 버디가 자신을 지독하게 미워했으면 싶었다.

애초부터 아한은 버디의 마음속에 없었던 사람인 것처럼.

*

며칠 뒤, 게시판에 나붙은 공고문으로 학교가 떠들썩했다.

1학년 A반 우뤄페이, 3학년 8반 왕바이더

행실 불량

벌점 2회, 경고 2회

게시판 앞이 바글바글했다. 아한은 맨 앞에 서서 냉랭한 눈으로 공고문을 읽어내려갔다. 한 글자 한 글자 똑똑히 기억하겠다는 듯한 눈빛이었다.

사람들 틈을 헤치고 나오던 아한은 위로하는 친구들에 둘러싸여 울고 있는 반반을 보았다. 아한의 얼굴에는 한 오라기 연민도 없었다.

교실로 돌아와보니 버디가 자리에 없었다. 학생부에 불려갔다고 했다.

수업 시작종이 울렸다. 불안해진 아한은 몇 번을 망설인 끝에 결국 교실을 몰래 빠져나갔다.

학생부 문 앞에 닿기도 전부터 안에서 호통 소리가 나고 이어 퍽퍽 때리는 소리까지 들렸다. 아한이 급히 달려가보니 불같이 화가 난 버디의 아버지가 캐비닛에 기대선 버디를 마구 때리고 걷어차고 있었다.

학생주임이 옆에서 말렸다. "아버님, 이러다 애 잡겠어요!"

"내 자식 내가 가르치겠다는데 당신들이 무슨 상관이야?" 버디 아버지는 노기등등한 얼굴로 다시 버디에게 발길질을 했다. "이런 쓸모없는 놈, 누나들은 안 그런데 넌 왜 이 모양이야! 진작 알았으면 안 낳았을 텐데!"

보다 못한 교관도 와서 뜯어말렸다. "아버님, 여기는 학교 아닙니까. 아이 체면도 생각하셔야죠!"

"에잇, 상관 마쇼! 망할 놈 같으니라고, 구제불능이야!" 버디 아버지는 더욱더 화를 내며 교관을 밀쳐버렸다. 그리고 옆에 있던 의자를 집어들어 버디를 내려치려 했다.

그때 누군가 뛰어들어 버디 앞을 막아서더니 버디 대신 의자에 맞고 바닥에 털썩 쓰러져버렸다.

"장자한! 너 미쳤어! 저리 비켜!" 버디가 아한을 밀어냈다.

비틀비틀 일어난 아한은 버디 아버지가 버디의 따귀를 때리려는 것을 보고 본능적으로 팔을 붙잡으며 소리쳤다. "그만 좀 때리세요!"

어리둥절해진 버디 아버지가 아한을 노려보며 손을 뿌리쳤다.

버디가 천천히 일어났다. 싹수가 노래 보이는 아들을 보자 버디 아버지는 또다시 울화가 치밀어 손을 번쩍 쳐들었다. 하지만 아한에게 다시 한번 붙들리고 말았다!

"제발 그만 좀 때리세요!" 아한이 부탁했다.

"제길, 넌 또 뭐야? 저놈은 내 새끼고 내가 알아서 가르쳐. 네가 뭔데 남의 집 일에 끼어들어!" 버디 아버지는 체면이 깎였다는 생각에 더더욱 펄펄 뛰었다.

"저리 비켜! 장자한, 너랑 상관없잖아!" 버디마저 이렇게 말했다.

아한은 버디 아버지의 손을 팽개치고 버디에게 다가서서 똑바로 노려보며 물었다. "왜 나랑 상관없는데?"

너하고 관련된 일이라면 나하고도 다 상관이 있다고.

아한은 속으로 이렇게 부르짖고 있었다.

"연애한 건 나라고, 네가 아니라!" 버디가 진절머리난다는 듯 소리쳤다.

순간 아한은 뚜껑이 확 열리고 말았다. 아한이 즉시 돌아서서 교관에게 소리쳤다. "교관님! 연애한 건 저예요, 저라고요!"

교관은 어이가 없었다. "그게 무슨 소리야?"

아한은 똑바로 서서 큰 소리로 외쳤다. "교관님, 버디는 잘못 없어요. 다 제 생각이에요! 연애도 제가 했고 애드벌룬도 제가 띄웠어요. 게다가……"

그때 누군가 아한의 얼굴에 주먹을 날렸다. 무방비로 있다가 얻어맞은 아한은 그대로 바닥에 쿵 넘어졌다.

천천히 고개를 든 아한은 놀라서 입이 떡 벌어졌다. 날 때린 사람이 버디라니!

"장자한, 네 일 아니니까 제발 좀 꺼져!" 버디가 아한에게 이렇게 화를 내며 고함을 지르기는 처음이었다. 버디는 온몸으로 분노를 뿜어냈다. 여전히 주먹을 풀지 않은 오른손이 미세하게 떨렸다. "내 일에 그만 좀 끼어들어!"

아한이 처음 보는 모습이었다. 분노와 곤혹과 고통이 뒤섞인 표정, 심지어 눈빛에는 경멸까지 어린 듯했다.

그래, 버디에게 자신은 그렇게 보잘것없는 존재, 아무것도 아닌 존재였다. 버디는 그토록 싸늘한데 자기 혼자 들떠 있던 것이었다.

아한은 이성을 잃고 버디에게 다짜고짜 달려들었다. 그동안 깊이 감춰놨던 분노를 몽땅 쏟아내듯 주먹세례를 퍼부었다. 버디도 질세라 주먹을 날렸다. 둘이 치고받고 뒹굴기 시작하자 어른들은 어안이 벙벙해졌다.

"나한테 왜 이래? 왜? 왜? 왜?" 주먹을 한 방 날릴 때마다 아한이 울부짖듯 소리쳤다.

왜?

도대체 내가 뭘 잘못했는데?

"왜냐고?" 버디가 반문했다. "내가 대체 어디가 좋아? 나한테 신경 좀 꺼주면 안 될까? 너야말로 나한테 왜 이래? 엉?"

왜일까? 아한도 답을 알고 싶었다.

왜 버디를 놓을 수가 없지?

"그만! 둘 다 그만해! 계속 싸우면 둘 다 벌점이다!" 교관이 옆에서 소리쳤다.

둘은 아무 소리도 귀에 들어오지 않는 듯 계속 뒤엉켜 싸웠다. 그때 누군가 두 사람 사이로 뛰어들더니 일단 아한을 붙잡아 떼어내고, 이어 버디를 옆으로 밀어내며 소리쳤다. "그만! 도대체 왜들 이래?"

올리버 신부가 소식을 듣고 달려온 것이었다. 신부는 두 사람 가운데 팔을 벌리고 섰다.

아한과 버디는 씨근대며 서로를 노려보고 있었다. 갑자기 버디가 돌아서서 밖으로 뛰쳐나갔다. 즉시 뒤쫓아가려는 아한을 올리버 신부가 막아섰다. 아한은 버디의 뒷모습만 보고 있을 수밖에 없었다.

"아직 덜 싸웠냐?" 올리버 신부가 엄하게 말했다.

이때다 싶어 교관이 올리버 신부에게 질책을 쏟아냈다. "내가 뭐랬습니까. 남녀 학생이 같이 연습하면 안 된댔죠! 저 녀석 둘 다 관악부잖아요. 신부님, 이제 어쩌시겠습니까?"

*

올리버 신부는 아한을 악기실로 데려갔다.

수업 끝나는 종이 울렸다. 연습실에 좀 일찍 온 아이들이 삼삼오오 모여서 악기를 불기 시작했다.

아한은 바람 빠진 축구공처럼 의자에 널브러졌다. 텅 빈 눈빛에, 이마에서는 아직도 피가 흐르고 있었다.

올리버 신부가 약상자를 가져와 아한 앞에 내려놓고 상처를 치료하라고 손짓했다.

아한은 약상자를 힐끗 보기만 하고 그대로 의자에 늘어져 있었다.

"대입 시험이 한 달밖에……" 올리버 신부의 말을 아한이 뚝 끊었다. "41일 남았거든요."

올리버 신부가 의아하다는 듯 아한을 보다가 피식 웃었다. "너 좀 달라졌다."

"뭐가요? 전 잘 모르겠는데." 아한이 대꾸했지만 속마음과는 다른 말이었다.

그래, 확실히 달라졌다.

이제 다시는 그렇게 즐거울 수 없게 되었다.

너무나 괴롭고 답답했다. 그리고 당혹스러웠다.

"고1 때 네가 관악부에 처음 왔을 때를 기억하는데……"

아한이 또 신부의 말을 잘랐다. “신부님, 빨리 좀 시작하실래요? 지도 끝나면 가도 되는 거죠?”

아한은 빨리 이곳을 뜨고 싶었다.

버디와 함께했던 모든 곳에서 벗어나고 싶었다.

올리버 신부가 웃으며 말했다. “지도하긴 뭘 지도해? 연애는 좋은 거야. 난 그냥 네 얘기 좀 듣고 싶다. 언제부터야, 몇 반 여학생이야?”

아한은 얼떨떨한 눈으로 올리버 신부를 쳐다보았다.

신부님이라면 이해해줄지도 몰라.

그렇지만 진짜로 말해도 되는 걸까.

그건 결코 아무렇지 않게 꺼낼 수 있는 얘기가 아니었다.

어른들의 눈에 그건 수치스럽고 부도덕하기까지 한 금기였다.

올리버 신부는 자애로운 눈으로 아한을 바라보고 있었다.

마침내 아한은 심호흡을 하고 말했다. “신부님, 담배 한 대만 주실래요?”

비밀을 털어놓기 전에 잠깐 긴장을 풀고 진정할 시간이 필요했다.

올리버 신부가 싱긋 웃고는 담배를 말기 시작했다.

열심히 담배를 마는 신부를 보며 아한은 망설였다. 진짜 다 말해도 되는 건가?

그렇다면 어디서부터 시작해야 할까?

어릴 때부터 남자를 좋아했다고?

룽 형을 좋아했다고?

아니면 버디 얘기부터 시작해야 하나?

올리버 신부가 꽉꽉 만 담배에 불을 붙여 아한에게 건넸다.

아한은 담배를 받아 한 모금 힘껏 빨았다. 향기로운 장미 향을 맡는 순간 또다시 버디 생각이 나면서 눈가가 시큰해졌다.

계속 입을 다물고 있다가는 조만간 무너져버릴 것만 같았다.

한 사람이 감당할 수 있는 괴로움과 슬픔에는 한계가 있을테니.

"신부님, 저…… 진짜로 다 털어놔도 돼요?"

"그럼. 신부가 왜 신부겠니?"

"……제가 좋아하는 그애는 여름방학에 전학 왔어요. 보자마자 첫눈에 반했던 것 같아요……"

뭔가 알아차린 걸까, 빙그레 웃으며 귀를 기울이던 올리버 신부의 얼굴에서 서서히 미소가 사라졌다.

"여름방학이라고? 고3 올라가기 전 여름방학 말이냐?" 신부가 물었다.

아한이 고개를 끄덕였다.

학교에서 여학생을 받은 건 여름방학이 지나고 나서였다.

올리버 신부는 충격을 감추지 못했다. 이 아이의 눈에 고인 눈물, 도움받을 곳 하나 없어 갈팡질팡 헤매며 괴로워하는 얼굴을 보면서 무슨 말인가 하고 싶었다. 하지만 끝내 입을 열지 못하고 말았다.

"버디예요." 아한이 말했다.

올리버 신부의 입에서 헉 소리가 조그맣게 흘러나왔다.

신부의 표정이 모든 걸 말해주었다.

아한은 쓴웃음을 지으며 담배 연기를 빨아들였다. 그러고는 올리버 신부를 돌아보며 일부러 어른스러운 말투로 물었다. "신부님, 신부님은 젊었을 때 해보신 최고 미친 짓이 뭐예요?"

"미친 짓을 하는 게 젊음은 아냐!" 언제나 너그럽고 온화하던 올리버 신부였건만 지금 말투는 이상하게 엄격했다.

"그치만 신부님이 늘 그러셨잖아요. 젊을 때 아니면 언제 미친 짓을 해보겠냐고요. 프로피테 뒤 모망!" 아한이 반박했다.

올리버 신부는 말문이 막혔다.

커피포트에서 보글보글 소리가 나며 커피 향이 가득 퍼지고, 부드러운 햇살이 방을 채웠다.

올리버 신부가 벌떡 일어나 성난 말투로 말했다. "그렇다고 다른 사람에게 상처를 주면 안 돼!"

아한은 신부의 지나친 반응이 이상스러웠다. "제가 누구한테 상처를 줬는데요?"

"널 아끼고 사랑하는 사람들 말이다. 부모님처럼."

"부모님이 절 사랑하면 저는 제 사랑도 버려야 해요? 저를 위해 살지도 못해요? 그럼 전 어떻게 사랑을 하란 말이에요?" 납득하지 못한 아한도 벌떡 일어나 항의했다.

곤혹스러워하던 올리버 신부가 겨우 한마디했다. "하느님을 믿어야지!"

모든 문제의 마지막 해결책은 결국 하느님이라는 건가.

"전 계속 믿어왔다고요!"

"그러면 하느님께서 너를 죄악에서 구해주실 거야."

"자기 생각을 숨기고 거짓된 사람이 되는 거, 그게 하느님이 원하는 거라고요? 그건 못 믿겠어요!" 아한의 목청이 점점 커졌다.

"그게 무슨 태도야!" 올리버 신부가 매섭게 말했다. "네 이기적인 사랑이 널 오만하게 만들었어!"

신부를 노려보던 아한이 의자에 털썩 주저앉았다. 다시 풀이

죽은 모습이었다.

"신부님, 전에 첫사랑 얘기 해주셨죠? 버디는 제 첫사랑이에요. 제가 버디를 볼 때면 버디도 절 보고 있어요. 그 순간은 공기까지 달콤해진 느낌이에요. 신부님도 그런 기분 아시잖아요, 그죠?"

자신의 첫사랑을 떠올리자 올리버 신부 입가에 담담한 미소가 어렸다. 신부는 나직이 한숨을 쉬고 이렇게 말했다. "그렇지만 동성은 안 돼, 안 될 일이야."

"누굴 좋아하는 마음을 왜 동성과 이성으로 나눠요? 좋으면 좋은 거지, 그건 느낌이라고요. 신부님 마음속에도 분명히 있던 감정이잖아요. 이 사람 아니면 안 된다는 거!" 아한이 말했다. "그냥 제 마음속엔 버디뿐이에요. 버디의 모든 걸 갖고 싶어요. 버디의 마음은 물론이고……"

올리버 신부가 거칠게 돌아섰다. 신부는 아한에게 등을 돌린 채 프랑스어로 묵주기도를 올렸다. 냉정을 되찾으려는 듯, 그리고 아한의 그런 적나라하고 솔직한 고해를 감당할 수 없다는 듯.

아한은 신부를 놓아주지 않고 다시 물었다. "설마, 신부님은 욕망도 없으셨어요?"

"하느님은 욕망을 멀리하라 하셨다." 다시 돌아선 올리버 신부가 아한의 두 눈을 똑바로 보며 말했다.

하지만 아한이 마주한 것은 확신 없이 흔들리는 신부의 눈빛이었다.

"그럼 하느님이 사람을 만들 때 칠정육욕은 왜 주셨대요?"

"그건 일종의 시련이야!"

아한은 실소가 터졌다. "시련이요? 신부님, 신부님이 담배 피우고 커피 마시고 술 마시고 음악 듣는 거, 그건 욕망 아니에요? 욕망을 물리칠 수 있는 사람은 아무도 없다고요!"

올리버 신부가 대뜸 말했다. "신약성서 갈라디아서 5장에 보면, 하느님께서 일곱 가지 죄악을 말씀하셨다. 교만, 탐욕, 욕정, 탐식, 분노, 시기, 나태. 이게 바로 우리가 지어서는 안 될 죄악이야. 특히 욕정!"

"제 감정은 욕정이 아니에요, 욕정은 그저 육체적으로만 가까워지겠다는 거잖아요. 제가 원하는 건 버디가 마음으로 절 받아주는 거라고요!"

"썩 나가! 넌 하느님을 완전히 오해하고 있어!" 신부는 아한의 말을 더 들으려 하지 않고 손을 내저었다.

아한은 더더욱 굴하지 않고 말했다. "하느님이 그러셨잖아요. '청하여라, 너희에게 주실 것이다. 찾아라, 너희가 얻을 것이다.

문을 두드려라, 너희에게 열릴 것이다!' 저는 계속 두드렸는데. 신부님은 못 들으셨어요? 신부님은 저처럼 누굴 이렇게 사랑해 본 적이 없죠, 그러니까 이해가 안 되는 거죠! 어른들은 우리가 무슨 생각을 하는지 이해 못해요. 아예 몰라요!"

올리버 신부의 가슴이 오르락내리락했다. 반박하려던 신부는 결국 심호흡을 몇 번 하며 참아냈다.

신부가 말이 없자 더 답답해진 아한은 이리저리 두리번거리다 술병을 발견했다. 아한이 술병을 낚아채 입에 대자 신부가 급히 빼앗았다. "누가 내 술을 맘대로 마셔도 된대?"

"그럼 신부님은 제가 남자를 좋아하든 여자를 좋아하든 왜 간섭하시는데요? 하느님이 신부님한테 그래도 된대요?"

철썩. 올리버 신부가 아한의 따귀를 세차게 때렸다.

한참 동안 돌아가 있던 아한의 고개가 천천히 돌아왔다. 입술이 파르르 떨리고 눈에는 눈물이 그렁그렁했지만 아한은 눈물을 떨어뜨리지 않으려 안간힘을 썼다.

이마에 난 상처에서 아직도 피가 흘렀다. 올리버 신부가 티슈를 건넸지만 아한은 받지 않았다. 신부는 할 수 없이 손수 상처를 닦아주었다.

몸과 마음에 모두 깊은 상처를 입은 아한은 갑작스레 찾아온 부드러운 손길에 북받치고 말았다. 아한이 떨리는 목소리로 말했다. "신부님, 용감하라면서요. 신부님이 좀더 용감했으면 첫사랑이 끝나지 않았을 거라면서요?"

"그땐 네가 남자를 좋아하는지 모르고 한 말이야!" 신부는 이렇게 말할 수밖에 없었다.

"여자를 좋아하면 괜찮고 남자를 좋아하면 안 돼요? 둘이 뭐가 다른데요? 대답 좀 해보세요!" 아한은 해답을 간절히 원했다.

도대체 잘못된 게 아한일까, 이 세상일까?

올리버 신부가 가까스로 대답했다. "상대방이 널 좋아하지 않는다면 강요하면 안 돼. 그것도 프로피테 뒤 모망……"

아한이 즉각 받아쳤다. "전 알아요. 버디 마음에도 제가 있다고요!"

"마음에 있다고 사랑은 아냐. 성경 말씀도 우리에게 욕망을 자제하라고 가르치지 않니. 다른 사람을 죄악에 빠뜨려선 안 된다……" 이 말을 하는 올리버 신부의 눈에는 어렴풋한 고통이 어려 있었다.

신부일지라도 남모르는 애욕과 고통이 있는 법, 하지만 입 밖에 낼 수는 없었다.

마침내 무너져버린 아한이 신부에게 고함을 질렀다. "그럼 전

지옥에 갈게요! 차라리 지옥에 떨어질게요! 어차피 동성애자는 지옥행이잖아요!"

아한은 드디어 내뱉고 말았다.

자신이 역겹고 더럽게 여기는 그 사실을.

남자를 좋아한다는 사실을.

자신이 동성애자라는 사실을.

"신부님이나 신부님의 천국에 가세요! 지옥엔 절 이해해줄 사람이 있겠죠!"

아한은 차라리 지옥에 있고 싶은 심정이었다.

결국 눈물이 주르륵 흘러내렸다. 아한은 돌아서서 나가려 했지만 올리버 신부에게 붙들렸다.

올리버 신부는 눈앞에 서서 어쩔 줄 몰라 하는 어린 양을 바라보며 생각했다. 나도 저 나이 때 길을 잃고 헤맨 적이 있지 않았던가?

이 아이에게 필요한 것은 이해와 포용이다. 덮어놓고 아니라고 해서는 안 된다.

올리버 신부는 가져왔던 약상자를 열었다. 아한을 앉히고 상처를 소독해주었다.

반창고를 붙여주며 올리버 신부가 말했다. "나도 열여덟 살 때

너하고 똑같았어. 매사에 반항적이고 남들이 안 하는 일을 하려 들었지. 그때 신부님께 얼마나 두들겨맞았나 몰라. 어느 날 너무 심하게 맞고는 그대로 뛰쳐나와버렸지. 최대한 멀리 떠나고 싶었어! 그런데 누가 알았겠니, 내가 떠나고 오래지 않아 모든 게 변할 줄이야."

30년 전, 올리버 신부의 고향에서 '조용한 혁명'이 일어나면서 사람들은 종교의 통제에서 벗어났다. 교육, 경제, 정치 등 여러 방면에서 가톨릭은 급속히 영향력을 잃었고, 그간 억눌리던 에너지가 방출되기 시작했다. 마침내 사람들은 용감하게 자신을 드러냈다.

젊은 날의 올리버 신부가 원망하던 그 세계가 달라진 것이다.

일찍이 고향을 떠나는 바람에 보지 못했던 그 혁명을 30년 뒤에 이 머나먼 이국땅에서 또다시 맞닥뜨릴 줄이야. 계엄이 해제된 섬나라는 조용한 혁명 이후의 캐나다 퀘벡과 너무나도 비슷했다. 이 과정을 지켜보는 올리버 신부의 마음속에는 감격과 걱정이 교차했다. 낡은 세력은 물러났다. 그렇다면 새로운 세력이 어떻게 사회를 변화시킬까? 눈앞에 있는 이 아이가 이 거대한 사회 변혁을 감당할 수 있을까? 더욱더 갈피를 못 잡고 스스로를 잃고 마는 건 아닐까?

올리버 신부가 반창고를 다 붙여주자 아한이 고개를 들고 불쑥 물었다. "신부님, 고향 생각 안 나세요?"

신부는 고개를 숙인 채 약상자를 정리하며 말했다. "어디에 있든 하느님께서 함께해주시잖니."

바다 건너 머나먼 이국땅에 온 뒤로 올리버 신부는 스스로에게 이렇게 일렀다. 고향을 떠나온 걸 후회하지 말자.

그 사람을 떠난 걸 후회하지 말자.

약상자 정리를 마친 올리버 신부는 아한의 머리에 한 손을 얹고 한 손으로는 목에 걸린 십자가를 들고 기도하기 시작했다.

나지막한 기도 소리에 마음이 차분해진 아한은 눈을 감았다. 경건한 기도 소리가 상처 가득한 마음을 씻어주었다. 그 순간 아한의 영혼에 참으로 오랫동안 느끼지 못했던 평온이 찾아왔다.

갑자기 문 두드리는 소리가 들렸다. 오랜만의 평온이 순식간에 깨지고 말았다.

올리버 신부는 무시하고 기도를 이어갔지만 노크 소리도 고집스럽게 울리고 있었다.

올리버 신부는 기도를 끝까지 마친 뒤에야 문으로 다가갔다. 문밖에 있는 사람과 몇 마디 나눈 뒤 문을 닫고 돌아온 신부가 아한에게 말했다. "어머니께 전화가 왔다는구나. 지금 버디가 너희 집에 와 있다고."

*

아한은 부랴부랴 집으로 달려갔다. 거실 한가운데 놓인 소파에 버디가 조용히 앉아 있었다. 아버지는 의자에 앉아서, 엄마는 한쪽에 서서 버디를 보고 있다가 아한이 들어오자 얼른 돌아보았다. 아버지가 아들에게 대뜸 소리를 질렀다. "너 대체 학교에서 종일 뭔 짓을 하고 다니냐?"

"제가 또 뭘요?" 아한은 불만스러운 눈으로 아버지를 노려보았다.

그러자 아버지가 벌떡 일어나 아한의 면전에 삿대질을 하며 호통을 쳤다. "네가 친구 여자친구를 뺏었다면서. 그것도 일부러 끼어들었다며!"

거짓말.

모두 거짓말이다.

버디와 나 사이에 어째서 거짓말만 남은 거지?

아한의 눈에 눈물이 고였다. 저도 모르게 숨이 가빠졌다. 아한은 소파에 태연스레 앉아 있는 버디를 노려보았다. 버디가 자신에게 도대체 왜 이러는 걸까?

아한은 버디의 코앞에 다가서서 고함을 질렀다. "우리집에서 뭐 하는 거야? 대체 뭐 하자는 거야?"

버디가 천천히 일어나더니 차분하게 대답했다. "입시가 코앞이잖아. 우리 둘 다 열심히 공부하자는 것뿐이야. 그리고 아저씨 아주머니도 네가 학교에서 뭘 하고 다니는지는 아셔야지."

격해진 아한이 버디의 얼굴을 후려치려 했지만 아버지가 한발 앞서 아한을 힘껏 밀치며 말했다. "이 뻔뻔한 놈아, 어떻게 친구 여자를 가로채?"

"그런 적 없어요!" 하지만 아한은 지금 자기가 무슨 말을 해도 식구들이 믿어주지 않으리라는 걸 알고 있었다.

"그런 적 없어? 그런데 네 친구가 이렇게 집까지 찾아오냐? 이런 낯두꺼운 놈, 난 그런 꼴 못 봐!" 호통치던 아버지가 손까지 쳐들자 엄마가 얼른 나서서 수습하려 했다. "괜찮아, 괜찮아!" 엄마는 천연덕스러운 버디와 분해서 눈이 벌게진 아들을 번갈아 보면서 속상한 얼굴로 말했다. "너희 둘이 얼마나 잘 지냈니? 여자친구 때문에 이렇게 사이가 틀어져서 되겠어? 둘 다 어리잖니. 나중에……"

버디는 목적을 다 이뤘는지 엄마 말을 다 듣지도 않고 가방을 챙겨 일어났다.

아한이 가로막으며 다시 물었다. “뭐 하자는 거냐고?”

아한은 이제 이런 취급 받는 것도 지긋지긋했다.

애초에 먼저 마음을 드러낸 건 버디였다. 자신은 거기에 곧바로 화답한 것뿐. 그런데 이렇게 깊이 빠지고 나니까 기다렸다는 듯 잔인하게 자신을 밀어내버리다니?

버디에게 자신은 그냥 심심풀이 장난감이었던 걸까?

아니, 그럴 리가!

날 갖고 논 거라면, 샤워장에서 있었던 일은 어떻게 받아들여야 하는 걸까?

아한은 혼란스러웠다. 버디의 무정한 배신에 가슴이 미어졌다.

버디 마음에 아한은 처음부터 없었던 것만 같다.

“자자, 그만하자. 좋은 친구끼리 이러면 안 되지!” 엄마가 다시금 아이들을 중재하려 했다.

분노로 제정신이 아닌 아한의 입에서 결국 이런 말이 튀어나왔다. “그러니까 지금, 우리가 그냥 친구냐?”

“다 널 위해서야!” 버디가 대답했다.

“여자친구는 대학 가서 다시 사귀면……” 엄마가 또 말하자 버디가 말허리를 끊으며 물었다. "대학 가서도 여자친구를 안 사귀면요?"

버디가 왜 그런 말을 하는지 갈피를 잡지 못한 엄마는 그저 이렇게 말할 수밖에 없었다. "괜찮아. 아직 어린데 뭐. 나중에 사귀면……"

"평생 여자친구를 안 사귀면요?" 버디가 또다시 물었다. 엄마가 아닌 아한을 보면서.

버디가 자꾸만 목을 죄어오자 궁지에 몰린 아한이 소리쳤다. "내가 여자친구를 사귀든 말든 네가 무슨 상관인데?"

"그럼 누가 겁쟁인지 말해보시지? 이제 나 좀 그만 귀찮게 굴래?" 버디는 더이상 얽히기 싫다는 듯 돌아서서 나가려 했다.

그 모습이 아한의 격한 감정에 불을 붙였다. 아한은 느닷없이 부모님을 향해 소리쳤다. "제가 좋아하는 사람은 그 여자애가 아니에요! 저는……"

버디가 다급하게 돌아서며 부르짖었다. "장자한! 제발 작작 귀찮게 하라고!"

하지만 아한은 차갑게 웃을 뿐이었다. "난 내가 누굴 좋아하는지 말할 수 있어. 넌 할 수 있냐?"

"미쳤구나. 대체 무슨 생각이야!" 버디는 아한을 막으려는 눈빛이었다.

"내가 그렇게 역겹냐? 그럼 여기서, 모두 앞에서 말해봐!"

아한의 엄마는 둘을 화해시키기를 포기했다. 죽을 만큼 괴로워 보이는 아들을 보며 어렴풋이 깨닫는 바가 있었지만 차마 입을 열어 확인할 수가 없었다.

"너희들 대체 왜 싸우는 거냐?" 아한의 아버지도 둘 사이에 흐르는 심상치 않은 기류를 알아차렸다.

엄마가 부랴부랴 남편을 잡아끌며 말했다. "애들 싸움에 너무 개입하지 마!"

"개입하지 마? 봐, 당신이 너무 싸고돌아서 저 모양 아냐!" 아버지가 엄마를 밀어내고 아들의 멱살을 틀어쥐며 물었다. "대체 둘이 왜 싸워? 똑바로 털어놔!"

아한은 대답 없이 아버지를 싸늘하게 노려보았다. 처음 보는 아들의 건방진 눈초리에 화가 난 아버지가 손을 번쩍 쳐들었지만 허공에 멈춘 채 내려오지 못했다. 아들에게 꽉 붙잡혀 움직일 수가 없었던 것이다.

아버지는 속으로 깜짝 놀랐다. 줄곧 어딘지 성에 안 차던 작은 아들 녀석이 언제 이렇게 건장한 사내가 되었지? 나보다 키만 커진 게 아니라 힘도 세졌는걸?

그래도 겉으로는 여전히 딱딱하게 말했다. "이 자식이 다 컸다 이거지. 이제 애비를 치겠다는 거냐?"

엄마가 허둥지둥 남편을 밀어내며 소리쳤다. "됐어, 그만! 내가 알아서 한다고!"

그러자 아버지는 엄마에게 화살을 돌리며 시뻘게진 얼굴로 고함을 질렀다. "당신이 알아서 해? 참 잘도 하겠다! 평소에 제대로 했으면 애가 이 꼴이 됐겠어?"

엄마도 폭발해 같이 언성을 높였다. "애가 어디가 어때서? 내가 낳아 키웠어. 당신은 공부하라고 잔소리한 거 말고 무슨 신경을 썼는데?"

그렇지 않아도 충분히 심란한데 부모님까지 싸우기 시작하다니. 아한은 이 상황을 속히 끝내고픈 마음뿐이었다. 결국 아한은 자제력을 잃고 아버지에게 부르짖었다. "여기 일에 아버지가 무슨 상관인데요!" 이를 악물고 마음속에 눌러놓았던 오랜 원망과 분노가 봇물 터지듯 쏟아져나왔다. "저쪽 집에나 가버려요, 거기 가서 죽을 때까지 살라고요!"

아버지에게 악담을 퍼부은 건 사실 엉뚱한 데다 화풀이한 것이었다. 그러나 그 순간만큼은 이 남자가 죽도록 미웠다.

아한도 아버지가 열심히 일해 가족을 부양해왔다는 사실을 잘 알았고 고맙게 생각했다. 그러나 사랑을 빙자한 끊임없는 폭언과 무시를 더는 참을 수가 없었다.

아들 입에서 이런 말이 나오다니, 아버지도 엄마도 기가 막혀 아무 말도 못했다.

아버지가 정신을 차리기도 전에 아들은 문을 박차고 뛰쳐나가 버렸다.

엄마가 얼른 쫓아가봤지만 아한은 벌써 자전거에 올라 미친듯이 페달을 밟고 있었다.

버디도 서둘러 자전거를 타고 뒤를 쫓았다.

"어디 가?" 모퉁이에서 아한을 막아선 버디가 태연스레 물었다. 방금 전 아한의 집에서 벌어졌던 소동은 싹 잊은 것처럼.

아한은 버디를 말없이 쏘아보고는 날쌔게 피해 계속 앞으로 달려갔다.

버디도 얼른 뒤쫓아 달렸다. 아한을 따라잡은 버디가 옆에서 말했다. "그만하는 게 어때? 우린 아직 친구지?"

아한은 한쪽 발로 버디의 자전거를 확 밀어 쓰러뜨리고 질주를 계속했다.

버디는 허둥지둥 자전거에 다시 올라 끈질기게 뒤를 쫓았다.

자전거를 탄 두 그림자는 그렇게 짙은 어둠 속으로 사라져갔다.

9
외딴섬

아한은 밤새 자전거를 달렸다. 어느덧 먼동이 희끄무레 밝아 왔다.

피곤해 죽을 지경이었지만 집으로도 학교로도 돌아가고 싶지 않았다. 그저 최대한 멀리 떠나고 싶었다.

아한은 자전거를 팽개치고 버스 정류장 표지판 앞으로 갔다. 그리고 그날의 첫차에 무작정 올라탔다. 승객이 드문드문 타고 있었다. 아한이 미처 앉기도 전에 버디가 버스에 뛰어오르더니 아한을 발견하고 소리쳤다. "어디 가게?"

아한은 무시하고 창밖만 바라보았다.

버디가 옆에 와서 앉자 아한은 벌떡 일어나 맨 앞에 있는 1인

석으로 가버렸다.

뒤통수에 버디의 시선이 느껴졌지만 돌아보지 않았다.

분한 마음을 가라앉힐 수가 없었다.

원래 멀쩡히 잘살고 있던 자신이 이 모양 이 꼴이 되었다. 이게 버디가 바라던 걸까?

버스가 타이중의 새벽 거리를 달려갔다. 인적이 거의 없어서 그런가, 왠지 음산한 느낌이었다.

타이중 기차역에 이르자 아한은 버스에서 내렸다. 그리고 매표소로 성큼성큼 걸어가서 대충 생각나는 대로 말했다. "핑둥 가는 표 주세요."

아한이 지금 떠올릴 수 있는 가장 먼 곳이었다.

표를 산 아한이 플랫폼으로 가서 기차를 기다리는데 버디가 또 나타났다.

"장자한, 대체 어디 가는데? 집에 가자." 버디가 권했다.

아한은 본 척도 않고 기차를 기다리다 싸늘한 얼굴로 기차에 올라탔다.

버디도 한숨을 푹 쉬고 아한을 따라 기차에 오르는 수밖에 없었다. 이번에는 옆자리에 앉지 않고 몇 줄 뒤에 앉았다.

기차가 천천히 남쪽으로 출발했다. 규칙적으로 흔들리는 기차에 앉아 있으면 스르르 눈이 감기게 마련이다. 버디는 버티지 못하고 금세 곯아떨어졌지만 아한은 조금도 잠이 오지 않았다.

아한은 빽빽한 두 눈을 부릅뜬 채 차창 밖으로 천천히 물러나는 풍경을 지켜보았다. 초록색 논밭과 수풀, 파란 하늘과 하얀 구름이 스쳐지나갔다. 이대로 달아날 수 있는 걸까. 멀리멀리 가버리면 되는 걸까. 그러면 돌아오지도 직면하지도 않을 수 있을까.

가오슝에 이르자 아한은 돌연 생각을 바꿔 자리에서 일어났다.

아직도 쿨쿨 자고 있는 버디를 힐끗 돌아본 다음 아한은 기차에서 내렸다.

기차역을 빠져나오자 불현듯 바다와 끝없는 하늘이 보고 싶어졌다.

아한은 길 가는 사람을 붙잡고 바닷가로 가려면 어느 쪽으로 가야 하냐고 물었다.

"진짜로 걸어가게요? 엄청 멀 텐데." 걱정스러운 대답이 돌아왔다.

아한은 잠자코 있었다.

멀리서 버디가 헐떡이며 쫓아오고 있었다. 우연일까, 사실은 깊이 잠든 게 아니었던 걸까. 버디는 기차가 가오슝에서 다시 출발하려는 순간 눈을 번쩍 떴다. 아한이 보이지 않자 즉시 기차에서 뛰어내려 역 밖으로 허둥지둥 달려나갔다. 누군가에게 길을 묻고 있는 아한이 눈에 들어왔다.

버디는 거리를 두고 아한을 뒤따라갔다.

얼마나 걸었을까. 뜨겁게 내리쬐던 태양이 서쪽으로 기울고 있었다. 아한도 드디어 기운이 빠져 쉬엄쉬엄 걸었다.

아한이 멈추면 버디도 멈췄다.

아한이 걸음을 떼면 버디도 따라 걸었다.

참다못한 아한이 돌아서서 버디에게 뚜벅뚜벅 다가갔다. "나 좀 그만 따라올래?"

"집에 가면 그만 따라갈게." 버디가 말했다.

아한은 달아나고픈 생각뿐이었다. 하지만 버디는 자꾸만 아한을 현실로 도로 끌고 가려 했다.

아한은 고집스레 돌아서서 다시 앞으로 성큼성큼 걸어갔다.

버디도 따라 걸었다.

"나 가는 데면 다 따라올 거냐? 바다로 뛰어들어도?" 아한이 물었다.

"뛰어들어, 누가 겁난대?" 버디가 말했다.

아한은 갑자기 하늘을 쳐다보며 고래고래 소리를 질렀다.

아으! 망할!

아한은 정말 지긋지긋했다.

대체 버디는 무슨 꿍꿍이일까?

그렇게 죽어라 밀어내더니, 이제 와서 왜 이렇게 들러붙는 걸까? 혼자 있게 놔두지 않고.

아한은 진심으로 조용히 혼자 있고 싶은 심정이었다.

아한이 갑자기 달리기 시작했다. 드디어 버디와 거리가 점점 벌어졌다.

길옆으로 아까부터 바다가 보였다. 이대로 계속 달려가면 바다에 뛰어들게 되는 건가? 그러면 버디가 진짜 나를 따라 바다에 뛰어들까?

그러나 길 끝은 망망대해가 아니라 부두였다.

아한은 매표소로 달려가 가쁜 숨을 몰아쉬며 배표를 한 장 달라고 했다.

아한이 표를 받아들 때 버디도 헉헉거리며 달려와 소리쳤다.

"어딜 가겠다는 거야?"

아한은 버디의 말을 완전히 무시한 채 부두에 정박해 있는 여객선으로 향했다.

버디가 매표원에게 다급하게 말했다. "배표 한 장 주세요!"

"어디 가는 표요?" 매표원이 물었다.

버디는 벽에 붙은 운항표를 보면서 이리저리 생각해봤지만 아한이 어딜 가려는지 도무지 단서를 찾을 수 없었다. 버디는 할 수 없이 이렇게 말했다. "방금 재가 산 거, 그걸로 주세요!"

표를 받고 보니 아한이 탄 배는 평후로 가는 배였다.

*

배가 출항할 때는 어느덧 밤빛이 내려앉아 있었다.

아한은 선미에 서서 천천히 멀어져가는 육지를 바라보았다. 모호하고도 아득한, 뭐라 형언할 수 없는 기분이 들었다. 이 세상에 품었던 기대와 희망이 끝내 속절없이 사라져버린 것만 같았다. 아한은 마침내 깨달았다. 자신이 아무리 애쓰고 용기 내려 해도 소용없다는 것을. 이 세상이 자신을 위해 바뀔 리가 없다는 사실을.

버디가 묵묵히 아한의 곁을 지키고 서 있었다.

아한은 그제야 알아차렸다. 버디는 자신을 걱정하는 거였다.

자기가 혼자 집을 뛰쳐나가 무슨 바보짓이라도 할까봐. 그래서 계속 따라오는 거다.

그런 생각이 들자 아한은 살짝 감동하고 말았다.

밤바람이 거세고 차가웠다. 아한은 선실로 들어가 자기 자리를 찾아 앉았다.

버디도 따라 들어와 맞은편에 앉았다.

아한은 고개를 들고 버디를 보며 못 말린다는 듯 말했다. "뭣 때문에 이러는데?"

뭣 때문에 이렇게 졸졸 따라다니지?

얼마 전까지만 해도 그 난리를 쳐놓고 이렇게 아무 일 없다는 듯 뻔뻔하다니.

너무나 말이 안 되는 상황이었다.

아한은 버디의 태도를 도저히 이해할 수 없었다.

버디가 일부러 우스꽝스러운 노래를 부르기 시작했다. "뭣 땜에 뭣 땜에…… 어떻게 이렇게 끝날 수 있지? 아…… 뭣 땜에 뭣 땜에……" 알 수 없는 노래에 멋대로 가사를 바꿔 부르는 것이었다.

아한은 웃음이 나지 않았다.

아한이 일어나서 딴 데로 가려 하자 버디도 따라왔다. 아한이 버디를 노려보며 말했다. "나 화장실 갈 거거든? 변태처럼 굴지 말아줄래?"

화는 이미 누그러졌다. 그래도 버디만 보면 마음이 복잡했다. 이 녀석을 어떻게 마주해야 할지 알 수가 없었다.

아한은 화장실에 가는 대신 침대칸으로 가서 자기 자리를 찾아 드러누웠다. 커튼을 꽁꽁 치고 숨어버렸다.

가만히 한숨을 내쉬며 이제야 좀 편히 쉬겠구나 생각하는데 갑자기 커튼이 열렸다. 버디가 아한이 누운 자리에 비집고 들어오려 했다.

아한이 기분 나쁜 얼굴로 버디를 밀어냈다. "네 자리 가서 자줄래?"

버디는 말없이 고개를 끄덕이고 침대에서 내려가 커튼을 도로 쳤다.

하지만 자기 자리로 가지 않고 그냥 아한의 침대 앞 맨바닥에 드러누웠다.

아까 기차에서처럼 자기가 잠든 사이에 아한이 없어질까봐 걱정스러운 듯했다.

밤이 깊었다. 묵직한 엔진소리에 어우러지는 은은한 파도 소리를 들으며 아한은 눈을 감았다. 몸도 마음도 더없이 지쳐 있었다. 마침내 아한은 서서히 꿈속으로 빠져들었다.

하지만 자면서도 우울하기만 했다.

깨어난들 이 세상은 하나도 달라질 게 없다는 걸 잘 아니까.

*

아한이 눈을 떴다. 아직 동트기 전이었다.

커튼을 걷어보니 버디가 맨바닥에서 자고 있었다. 바닥에 곤드라져 드르렁드르렁 코까지 고는 걸 보니 완전히 나가떨어진 듯했다.

순간 옛 추억이 파도처럼 밀려들었다. 그때는 공기마저 달콤했는데 지금은 목구멍 깊은 곳까지 온통 쓰디쓸 뿐이라니. 아한은 차마 지난날을 돌이켜볼 수가 없었다.

돌아갈 수 없다.

이 쓰라린 상처도 결코 아물지 않을 것이다.

아한은 억지로 눈길을 돌리고 버디를 넘어 밖으로 나갔다.

그리고 스스로에게 말했다. 이걸로 충분해.

더는 돌아보지 말자.

갑판으로 나가보니 먼 바다에 은은한 빛이 떠오르고 있었다. 동쪽인 모양이었다.

아한은 난간에 기대어 일출을 기다렸다.

해가 천천히 올라오기 시작할 때 등뒤에서 인기척이 느껴졌다.

아한은 돌아보지 않았다. 누군지 뻔하니까.

찰칵, 찰칵. 등뒤에서 이상한 소리가 들렸다. 아한이 고개를 돌렸다. 뒤에서 버디가 양손 엄지와 검지로 직사각형을 만들어 사진 찍는 시늉을 하고 있었다.

"뭐야?" 아한이 심드렁하게 물었다.

"이렇게 아름다운 장면을 안 남길 수 없잖아!" 버디가 웃으며 말했다.

버디의 사차원 행동에 아한도 결국 웃고 말았다. 그러자 무겁고 답답하던 마음이 한결 가벼워졌다.

드디어 멀리멀리 벗어났다. 어릴 적부터 살던 집에서도, 학교에서도, 세상에서도. 이 넓은 바다에 오직 자기 혼자뿐이었다.

버디도 있구나.

아한이 웃는 걸 보자 버디도 따라 웃었다. 그리고 아한 곁으로 다가왔다. 둘은 나란히 서서 일출을 감상했다.

얼마 뒤에 아한이 하늘을 나는 바닷새를 가리키며 먼저 입을 열었다. "저 새, 이 배 좇아서 진짜 멀리까지 왔어."

버디가 고개를 들고 새를 바라보았다. "진짜. 왜 계속 따라오는 거지?"

아한이 희미하게 웃으며 말했다. "좋아하는 새를 따라오는 거겠지."

"어디?" 버디가 난간 밖으로 몸을 내밀고 열심히 두리번거렸다.

"멍청한 놈 눈에는 안 보여." 아한이 버디를 보면서 말했다.

버디가 갑자기 손가락을 쭉 뻗으며 소리쳤다. "찾았다! 저기 있어!"

그 외로운 바닷새의 앞쪽에 정말로 또 한 마리 바닷새가 우아하게 날고 있었다.

해가 점점 떠오르며 하늘 끝과 바다 끝이 하나로 이어졌다. 작은 점 같은 두 마리 새만이 그 속에서 자유로이 떠다니고 있었다.

먼 곳에 있던 이름을 알 수 없는 섬이 점점 또렷해졌다. 배가 정박할 채비를 했다.

버디가 고개를 돌렸다. 아한이 보이지 않았다.

*

"장자한! 도대체 어디까지 가게? 그만 가라, 나 돈도 없어!"

오토바이를 따라 달리던 버디가 헐떡이며 소리쳤다.

오토바이는 아랑곳하지 않고 죽죽 달려갔다. 바다로 곧장 뛰어들 기세였다.

"장자한! 이 미친 새끼야! 작작 좀 해!" 버디는 숨이 턱까지 차면서도 포기하지 않고 아한을 뒤쫓았다.

버디는 여기가 어딘지도 몰랐다. 평후 근처에 있는 작은 섬이라는 것만 알 뿐이었다.

아한이 도대체 어디로 가려는 것인지도 몰랐다. 하지만 이 섬에 난 길이라고는 이것 하나뿐이니 계속 가다보면 따라잡을 수 있을 것이다.

내 눈에서 벗어나게 하면 안 돼. 버디는 스스로에게 이렇게 일렀다.

다행히 섬은 아주 작았다. 기진맥진한 버디가 길 끝에 다다랐다. 아한이 타고 온 오토바이가 서 있었다.

길 앞에는 썰물에 드러난 드넓은 모래밭이 펼쳐져 있고 그 너머는 파도가 부서지는 암초 지대였다. 버디는 바위 위에서 신발을 벗는 아한을 발견했다. 바닷속까지 들어가겠다는 걸까?

버디도 허둥지둥 신발을 벗고 달려가 바위 위로 껑충 뛰어올랐다.

울퉁불퉁한 바위를 딛는 아픔을 참으며 버디가 소리쳤다. "장자한, 진짜 바다에 뛰어들게? 맘대로 해라, 나 신경 끈다!"

거센 파도 소리 속에서 아한이 돌아보며 외쳤다. "네가 나한테 언제 신경썼냐? 언제 그랬는데!"

따지고 보면 자신이 집을 나온 것도 다 버디 때문 아닌가?

아한은 비틀비틀거리며 험한 바위 위를 계속 달려갔다. 마침내 눈앞에 발 디딜 곳이 사라지고 끝없는 바다가 펼쳐졌다.

버디가 뒤에서 소리쳤다. "더 가! 더! 어디까지 가나 한번 보자!"

아한은 우두커니 서서 출렁이는 파도를 바라보았다. 더는 갈 곳이 없구나. 아한은 갑자기 하늘이 무너진 것처럼 미친듯이 고함을 질렀다. 그리고 두 팔을 마구 휘저으며 커다란 새처럼 퍼덕퍼덕 서툰 날갯짓을 했다.

새가 되고 싶었다. 날개를 활짝 펴고 높이높이 날고 싶었다. 숨막히는 이 세상에서 벗어나고 싶었다.

갑자기 움직일 수가 없었다. 어느새 버디가 다가와 뒤에서 아한을 꽉 안고 있었다. 버디는 발버둥치는 아한을 부둥켜안고 모래밭으로 내려가려 했다.

"놔!"

"못 놔! 장자한, 이 미친 새끼야!"

"더 미친 새끼가 누군데!"

아직 밀물이 들 때는 아니었지만 버디는 아한을 억지로 끌고 내려왔다. 아한은 쉬지 않고 몸부림치고 버디는 죽어라 놔주지 않았다. 한참을 모래밭에서 뒹군 끝에 드디어 아한의 몸부림이 멎었지만 버디는 팔을 풀지 않았다. 둘 다 심하게 헉헉대고 있었다.

몸도 마음도 서서히 진정되자 버디가 물었다. "왜 여기까지 왔어?"

"나도 몰라." 아한이 말했다.

"대체 어딜 가고 싶은 거냐?" 버디가 또 물었다.

"너 없는 곳." 아한이 풀죽은 목소리로 대답했다.

하지만 아한은 잘 알고 있었다. 어딜 가든, 이 세상 어디에 있든 자신은 버디로부터 벗어날 수 없다는 걸.

아한은 버디의 팔을 풀고 천천히 일어났다. 그리고 모래밭과 바위 뒤로 펼쳐진 바다를 보며 옷을 벗기 시작했다. 벌거벗은 아한이 바다를 향해 느릿느릿 걸어갔다.

바닷물은 얼음장처럼 차디찼지만 몸은 불덩이처럼 뜨거웠다. 물속으로 몇 발짝 들어갔을 때 뒤에서 또 찰칵찰칵 소리가 들렸다. 돌아보니 모래 위에 누운 버디가 또 손으로 카메라를 만들어 알몸이 된 아한을 찍고 있었다.

"가장 아름다운 청춘의 몸을 박아놔야지!" 버디는 실눈을 뜬 채 이렇게 말하고는 요리조리 각도를 바꾸어가며 계속 찰칵거렸다.

아한이 버디에게 확 달려들었다. 혼자만 알몸이면 불공평하니까!

쓰러진 버디가 막으려 했지만 아한은 아랑곳하지 않고 버디의 옷을 마구 벗겨냈다. 양말까지 싹 벗겨버렸다.

이제야 공평해졌다.

"우이씨!" 버디가 소리쳤다.

"왜, 내가 보는 게 겁나냐?"

"그럴 리가." 버디는 아한을 밀치고 일어나 팬티를 벗어던졌다. 그리고 아한을 끌고 같이 바다로 뛰어들어 마음껏 소리치고 첨벙거렸다. 마침내 새장을 빠져나와 자유를 얻은 새처럼.

둘은 물싸움을 하고 얼싸안고 엎치락뒤치락하며 신나게 놀았다. 아한은 손바닥에 와닿는 버디의 유연하고 탄력 있는 몸을 다시금 느꼈다. 여름방학 초에 처음 버디를 만났을 때가 떠올랐다. 그때도 물속이었다.

그때는 자기와 같은 청춘의 아름다운 몸에 남몰래 경탄했을 뿐이지만, 이번에는 커다란 손으로 버디의 벌거벗은 몸을 거침없이 어루만졌다. 버디는 밀어내지 않았다. 대담해진 아한은 버디를 덮쳐 물속으로 쓰러뜨렸다. 더 세게 안고 싶고 또……

"장자한, 나 익사시킬 거냐!" 버디가 아한의 얼굴에 퐈아 바닷물을 뿜었다.

아한은 대답 없이 버디를 안은 채 입을 맞췄다.

버디는 이번에도 아한을 밀어내지 않았다.

*

햇살이 눈부셨지만 물속에 오래 있으니 추워졌다. 둘은 바닷가로 돌아와 축축한 모래밭에 누워 젖은 몸을 햇볕에 맡긴 채 하늘을 올려다보았다.

들리는 거라곤 파도 소리와 바람 소리, 이따금 날아드는 바닷새 울음소리뿐이었다. 이 세상에 단둘이 남은 기분이었다.

세상 끝에 있는 이름 모를 외딴섬, 아무도 찾을 수 없는 곳.

아한이 돌아보니 버디는 눈을 감고 편안히 쉬고 있었다. 아한은 자기와 같은 싱그러운 몸을 마음껏 눈에 담았다. 버디의 알몸에 모래가 잔뜩 묻어 있었다. 아한은 살그머니 몸을 일으켜 귀한 예술품을 다루듯 조심스레 모래를 털어주었다. 버디는 눈을 감은 채 아무 소리도 내지 않았다. 아한의 경건한 손길을 즐기는 것처럼.

아한의 손이 허벅지에 닿았지만 버디는 밀어내지도 피하지도 않았다. 탄식하듯 가만히 숨을 내쉬더니 살며시 고개를 들고 가장 민감한 곳을 어루만지는 아한의 손길을 받아주었다.

아한은 버디의 몸 위로 올라갔다. 그리고 버디의 손을 자기 다리 사이로 가져갔다. 버디는 일말의 망설임도 없이 아한이 바라는 그대로 해주었다. 이번에는 성난 분노도 불안한 가책도 없었다. 사랑하는 이를 밀어내야 하는 모진 괴로움과 발버둥은 더더욱 없었다. 이 외딴섬까지 와서야 마침내 단둘이 남았다. 이제야 그들은 세상의 이목에서 벗어나 눈부신 햇살 아래 자유로이 사랑하고 마음껏 살을 맞댈 수 있었다.

두 청춘의 몸이 점점 깊이 포개지며 입술과 혀가 뒤엉켰다. 육체와 영혼이 하나로 어우러지는 순간이었다. 아무도 가르쳐준 적 없지만 둘은 그저 사랑하는 사람을 기쁘게 해주고 만족감을 주고 싶은 원초적 본능이 이끄는 대로 따랐다.

시간이 얼마나 흘렀을까, 마침내 지친 둘은 따뜻한 햇살 아래

휴식을 취했다. 아한은 버디의 몸을 끌어안고 버디의 가슴을 베고 눈을 감았다. 버디의 가슴속에서 힘차게 뛰는 심장소리가 들려왔다. 아한의 입가에 정말 오랜만에 흐뭇하고 뿌듯한 웃음이 떠올랐다.

한바탕 꿈만 같았다.

아한은 이 꿈에서 영원히 깨어나지 않았으면 했다.

*

아한이 눈을 번쩍 떴다. 언제 잠이 들었던 거지?

아한을 깨운 것은 차가운 바닷물이었다. 밀물이 밀려들고 있었다. 둘은 어느새 바닷물에 둘러싸여 있었다. 버디도 화들짝 놀라 젖은 옷과 가방을 챙겼다.

둘은 가장 가까운 바위로 허둥지둥 달려갔다. 옷은 다 젖어 있었고 두 사람 역시 서둘러 챙겨 입을 생각이 없었다. 아한과 버디는 벌거벗은 채 바위에 걸터앉아 점점 차오르는 바닷물을 지켜보았다. 할 수 있는 게 없었다.

"밀물 때네." 아한이 말했다.

"어떡하지?" 버디가 물었다.

아한이 발아래를 살펴보니 앞뒤로 모두 바닷물에 잠겨 있었다. 파도가 쉬지 않고 철썩철썩 바위를 때렸다. 금세 발붙일 곳마저 사라질 것 같았다.

"으, 아무래도 오늘이 우리의 종말인가보다." 버디가 한숨을 내쉬며 너스레를 떨었다.

아한은 아무 말도 없었다.

"하루만 더 있으면 좋겠다. 좋아하는 사람하고 특별한 곳에서 미친듯이 사랑을 나누게! 이제 기회가 없네. 곧 죽을 테니." 버디는 먼 곳을 응시하며 미소를 지었다.

버디의 옆얼굴을 물끄러미 바라보며 아한은 이렇게 묻고 싶었다.

좋아하는 사람이 누군데?

나야?

나지?

우리 방금 서로의 가장 비밀스러운 곳을 어루만졌잖아?

확인하고픈 마음이 간절했지만 입에서 나온 말은 딴소리였다.

"어디가 특별한 곳인데?"

"눈밭. 아니면 사막도 괜찮아. 거대한 폭포 옆도 좋겠네. 아무튼 아주 특별한 곳이어야 돼! 진짜 오래오래 할 거야, 온몸에서 힘이 쭉 빠질 때까지!"

아한은 눈을 감고 버디가 말한 특별한 곳을 상상했다. 그곳에서 미친듯이, 세상이 끝날 때까지 사랑을 나누는 자신과 버디를.

"우리 죽는 건가?" 아한이 눈을 떴다. 수위가 계속 높아지고 있었다.

가장 가까운 바닷가까지 거리가 얼마나 될까?

아한과 버디 둘 다 수영을 할 줄 알았다. 바닷가까지 헤엄쳐 가는 것도 불가능하진 않았다. 하지만 이 순간 아한의 심정은 이상하게 차분했다. 이런 생각이 들었다. 죽는 것도 나쁘지 않다. 적어도 앞으로의 일을 고민하고 괴로워할 필요는 없으니.

공부, 가족, 직업, 미래. 아무것도 신경쓰지 않아도 된다.

분위기가 살짝 가라앉은 걸 느꼈는지 버디가 벌떡 일어났다. 그러더니 두 손을 허리에 짚고 가슴을 쭉 펴고 서서 먼 곳을 바라보았다.

"뭐냐?" 아한이 물었다

"내 아름다운 몸을 보고 누가 와서 구조해주지 않을까?" 버디가 대답했다.

"갈매기가 보고 날아오겠지, 네 거시기 쪼아먹으러!"

이 말에 움찔하는가 싶더니 버디는 고개를 들어 머나먼 하늘을 바라보며 한숨을 내쉬었다. 그러고는 다시 털썩 주저앉았다.

얼마나 오랜 시간이 지났을까. 바닷물은 도무지 빠질 기미가 보이지 않았다. 버디는 다리를 물에 담근 채 아예 아한의 허벅지를 베고 옆으로 누웠다. 책가방을 더듬어 담뱃갑을 꺼낸 버디는 불이 붙을 만한 한 개비를 기어이 찾아내더니 담뱃불을 붙여 한 모금 힘껏 빨고 아한에게 넘겼다.

아한도 한 모금 빨고 다시 버디에게 담배를 건네주었다.

둘은 말없이 번갈아 담배를 피웠다.

담배는 금세 다 타버렸다. 아한이 먼 곳을 바라보며 중얼거렸다. "진짜 아무도 우릴 못 보는 거 아냐?"

"배고파지면 어떡하냐? 누가 누굴 먼저 먹을까?" 버디가 웃으며 말했다.

농담이 아니었다. 진짜 배가 고팠다. 그러고 보니 둘 다 하루 종일 아무것도 먹은 게 없었다.

아한이 버디를 힐끗 보더니 느닷없이 고개를 숙여 버디 몸뚱이를 콱 물었다.

버디가 으으 신음하자 아한은 버디의 젖꼭지를 깨물었다. 버디가 아악 소리를 질렀다.

"소리 질러 뭐 하게? 그런다고 안 먹을 줄 알아?" 아한이 말했다.

버디가 웃으면서 아한을 밀쳤다. 이미 지칠 대로 지쳤지만 둘은 또 서로를 물어뜯으며 투닥거렸다. 그러다 버디의 몸이 갑자기 딱딱하게 굳었다. 버디가 벌떡 일어나 옷을 입기 시작했다.

"왜 그래? 춥냐?" 아한이 얼떨떨하게 물었다.

"세상의 종말은 없구나." 버디가 밑도 끝도 없는 말을 했다.

아한은 여전히 뭐가 뭔지 모른 채였다. 옷을 챙겨 입고 돌아서서 손 흔들며 소리치는 버디를 멀거니 보고만 있었다.

멀리서 작은 배 한 척이 유유히 다가오고 있었다.

"학생들 거기서 뭐 해? 밀물 조심해야 되는 거 몰라?" 배에서 외치는 소리가 들려왔다.

아한도 후다닥 일어나 옷을 챙겨 입었다. 축축한 옷이 몸에 차갑게 들러붙었다.

갑작스레 들이닥친 작은 배가 아름다운 꿈을 산산이 깨뜨려버렸다. 이제 현실로 돌아올 수밖에 없었다.

두 사람이 서로 사랑할 수 없는 현실로.

아한이 힐끔 버디를 보니 버디도 어색한 눈빛으로 자신을 보고 있었다.

사라졌다.

둘만의 외딴섬은 사라져버렸다.

작은 배가 가까워지자 버디는 아한에게 어깨동무를 하며 일부러 씩씩하게 소리쳤다. "입시 준비 잘하자! 시험 끝나고 다시 보는 거야. 일단 공부에 집중하자. 날 위해서 하는 말인 거 알지?"

거대한 바위 같은 현실에 둘의 미약한 꿈은 한순간에 박살나버렸다.

아한은 버디를 보며 이렇게 대답할 수밖에 없었다. "그래, 약속해. 우리 같이 타이베이에 가서 공부하기다. 잊지 마!"

버디가 힘차게 고개를 끄덕이며 아한의 어깨를 꼬옥 끌어안았다. 그렇지만 버디의 시선은 정면만 향해 있었다.

*

그해 입시에서 버디는 떨어졌다.

아한은 타이베이에 있는 사립대학 회계학과에 간신히 합격했다.

펑후에서 돌아온 뒤로 둘은 다시 만나지 않았다.

버디가 대학에 떨어졌다는 소식을 들었지만 아한은 마음이 흔들리지도 슬프지도 않았다. 뭐라 말하기 힘든 어렴풋한 아쉬움만 남았을 뿐이다.

물론 아한도 한때는 기대를 품고 있었다. 이제는 이 세상의 수많은 기대와 희망이 헛된 것임을 분명히 깨달았지만, 아무리 실망스럽다 해도 사람은 계속 살아가야 했다.

타이베이에서 지낸 첫 1년, 아한은 노래를 잘 만드는 과 선배와 친해졌다. 선배에게 노래 만드는 법을 배우고 싶었다.

하지만 그런 친밀감은 감탄과 부러움에서 나온 것일 뿐, 선배에게 다른 감정은 없었다.

이제 아한은 자신을 숨길 줄 알았다. 더이상 자신의 진짜 모습을 함부로 드러내지 않았다. 그랬다간 자신도 주위 사람들도 상처받을 수 있다는 걸 깨달았으니까.

시간은 쏜살같이 흘러갔다. 신선하던 신입생 시절도 끝나고 여름방학이 되었다. 타이완을 항상 덮치는 태풍의 계절이었다. 아한이 폭풍우를 무릅쓰고 기숙사로 걸어가는데 갑자기 허리에 찬 삐삐가 울렸다.

아한은 길가에 있는 공중전화박스로 들어가 강풍에 망가진 지 한참인 우산을 접고 비를 피했다.

삐삐에 찍힌 번호는 04로 시작했다.

타이중 지역번호였지만 집 전화번호는 아니었다.

아한은 잠시 생각에 잠겼다. 마음속에 한 사람의 그림자가 떠올랐다. 하지만 그럴 리가 없을 것 같았다.

그래도 아한은 전화를 걸었다.

수화기 너머에서 전화를 받는 소리가 났지만 목소리는 들려오지 않았다.

할 수 없이 아한이 먼저 입을 열었다. "삐삐 치신 분이요."

수화기 너머는 여전히 고요했다. 동전 내려가는 소리만 잇따라 들렸다. 아한은 이만 끊어야겠다고 생각했지만, 잠시 망설이다가 용기 내어 입을 열었다. "버디?"

여전히 대답이 없었다. 하지만 희미한 숨소리가 들렸다.

버디라는 이름을 듣고 감정이 북받친 것만 같았다.

아한은 수화기를 꽉 움켜쥐었다. 가슴속에 거대한 파도가 밀려들었다.

정말 버디구나!

"잘…… 지내?" 아한이 나직이 물었다. 떨리는 목소리를 들키고 싶지 않았다.

"그럭저럭." 버디의 지친 목소리가 드디어 들려왔다.

하지만 곧이어 머릿속이 텅 비어버렸다. 아한은 한참 생각하다 간신히 입을 열었다. "오랜만이네."

"오랜만이지." 버디가 말했다.

버디를 볼 수 없었지만 밝은 목소리는 결코 아니었다.

"올해 입시는 어때? 자신 있지?" 아한이 물었다.

타이베이로 올 수 있어? 이 말은 차마 꺼내지 못했다.

"몰라." 아무래도 상관없다는 목소리였다.

아한은 할 수 없이 화제를 돌렸다. "집 전화번호 바뀌었어?"

고등학교 여름방학에 둘은 하루가 멀다 하고 통화했었다. 아한은 눈을 감고도 버디 집 전화번호를 누를 수 있었다.

겨우 2년 전 일인데 머나먼 옛일 같았다.

"응, 바꿨어. 아버지가 그러는데 누가 자꾸 전화해서 말을 안 한대." 버디가 말했다.

아한이 황급히 말했다. "나 아니야!"

"알아." 버디가 말했다.

전화기 너머의 버디 얼굴에는 한 조각 웃음도 없을 것만 같았다.

또다시 침묵이 흘렀다. 오랫동안 못 본 두 사람 사이에는 이제 공통 화제가 없었다. 그래도 아한은 전화를 끊고 싶지 않았다.

"집이야? 안 나갔어? 학원 안 가?" 아한이 물었다.

"태풍이라 나가기 싫어서." 버디가 말했다.

맞다, 아한은 전화박스 밖을 내다보았다. 폭풍우가 휘몰아치고 있었다. 왜 그런 걸 물어봤을까.

"수업 없어?" 버디가 불현듯 물었다.

장거리 전화라서 동전이 금방금방 내려갔다. 아한은 수화기를 턱에 끼고 가방에서 부랴부랴 동전을 찾아서 동전 투입구에 밀어 넣었다.

"지금은 없어." 아한이 말했다.

버디는 또 말이 없었다.

아한이 이를 악물다시피 하며 물었다. "반반하고는 잘 지내?"

"……헤어졌어."

아한은 깜짝 놀랐다.

결국 헤어진 건가?

언제 헤어진 걸까?

"왜?" 아한이 물었다.

버디가 씁쓸하게 웃더니 말했다. "나랑 같이 있으면 꼭 로맨스 영화 같대. 너무 현실감이 없대."

아한은 이해하지 못했다. "그럼 좋은 거 아닌가?"

"영화는 너무 꿈결 같잖아. 현실은 너무 잔혹하고." 버디의 목소리는 가볍고 담담했다. 아한은 버디가 상처를 받은 건지 아닌지 알 수가 없었다.

어느새 자기도 버디를 이해하지 못하는 사람이 되어 있었다.

"나중에 어떤 양아치한테 가버렸어." 버디가 말했다. 역시 사실인지 아닌지 알 수가 없었다.

그냥 농담하는 것인지도 모른다.

아한은 굳이 확인하려 하지 않고 웃으며 말했다. "양아치? 네가 양아치한테 밀렸다고? 양아치계의 일인자가 넌데?"

"그 자식이 반반한테 진짜 잘해줄 놈일지도 몰라!" 버디가 자조하듯 말했다.

"그게 네 첫사랑이지?" 이 말을 하는 순간 아한은 명치에 어렴풋한 통증을 느꼈다.

생각지도 못했다. 어느 날 이렇게 덤덤하게 버디에게 첫사랑 얘기를 물을 수 있을 줄이야.

아한은 그때 주인공의 첫사랑은 당연히 자신이라고 생각했다.

한기가 밀려들기 시작했다. 장대비에 온몸이 흠뻑 젖은데다가 강풍까지 쉬지 않고 휘몰아쳤다. 아한은 수화기를 품에 안고 바닥에 쭈그려앉아 두 팔로 자기 몸을 감쌌다. 수화기를 내려놓고 싶지 않았다.

전화기 너머에서 버디 목소리가 들려오지 않았다. 통화가 곧

이렇게 끝날 것이다.

아한은 단념하지 않고 끊어질 것만 같은 끈을 꽉 붙잡았다. "음…… 음…… 우리 학교에 노래를 엄청 잘 만드는 선배가 있거든. 요즘 쓴 곡이 있는데 되게 좋더라고. 한번 들어볼래?"

"그래." 버디가 얼른 대답했다.

"그런데 지금 데모테이프를 안 갖고 있는데. 음…… 내가 불러줄까?"

버디가 좋다고 했다.

아한은 그때 그 약속을 지금도 기억하고 있었다.

버디에게 너무나도 묻고 싶었다. 기억하느냐고.

버디는 영화를 찍고, 아한은 주제곡을 쓰기로 했었다.

이것은 아한이 처음으로 버디에게 불러주는 노래였다.

널 찾아 헤매다……

시작하자마자 음정이 틀렸지만 버디는 웃지 않았다.

아한은 숨을 고르고 노래를 이어갔다.

실연에 관한 노래였다.

낯선 도시에 온 버림받은 한 남자. 오가는 사람들 속에서 저도 모르게 옛사랑의 그림자를 떠올린다.

그리움은 계속 머물러 있다.

추억은 자꾸만 옛일을 돌아보게 만든다.

옛사랑의 이름은 각인처럼 마음에 새겨져 한평생 잊을 수가 없다.

자꾸만 흘러가는 시간을 붙잡고 싶다. 남은 건 이제 그리움뿐이지만 후회는 없다.

아한은 한 손으로 가슴을 어루만지다 가만히 옷자락을 부여잡았다.

한시도 잊은 적이 없다. 앞으로도 평생 잊지 못할 것이다.

그때로 돌아가더라도 아한은 똑같이 사랑을 택할 것이다.

아한은 터져나오는 울음을 꾹 참았다. 끝까지 노래를 부르고 싶었다.

버디에게 불러주는 첫번째 노래니까. 또 마지막 노래일 테니까.

아무리 안타까워도 놓아줄 수밖에 없었다.

아한은 그저 자신이 사랑했던 그 아이가 정말로 새처럼 하늘 높이 훨훨 날기를 바랐다. 그러면 자신은 고개를 들고 하늘 끝에서 날고 있는 자유로운 그림자를 찾아보리라.

메트로놈의 박자처럼 동전이 딸깍딸깍 내려갔다. 잘 부르는 노래라곤 할 수 없었다. 계속 목이 메거나 음정이 나갔다. 수화기 너머에서 버디의 웃음소리가 들린 듯했다. 그리고 조금 뒤, 흐느껴 우는 소리가 들려왔다.

딸깍. 마지막 소리가 났다. 수화기 속이 갑자기 고요해졌다.

동전을 다 썼다.

끝나지 않은 아한의 노래는 그렇게 뚝 끝나버리고 말았다.

아한은 수화기를 물끄러미 바라보며 생각했다. 비를 무릅쓰고 동전을 바꾸러 갈까. 버디에게 다시 전화해 노래를 계속 불러줄까.

전화박스 밖에서 비바람이 더욱 거세게 휘몰아쳤다. 아한의 마음을 대변하듯이.

결국 아한은 자리에서 일어났다.

수화기를 내려놓는 움직임이 조심스럽기 그지없었다. 전화기를 망가뜨릴까봐, 무언가를 깨뜨려버릴까봐 두려운 것만 같았다. 하지만 아한은 그것이 이미 끊어지고 깨져버렸다는 걸, 다시는 처음 모습으로 되돌릴 수 없다는 걸 알고 있었다.

아한도 끝내 이해했다. 함께한 나날이 아무리 즐거웠다 해도 지금 버디와 자신은 자꾸만 멀어지는 평행선이었다.

공중전화박스에서 나오며 얼굴을 훔치는 아한의 손에 한 가닥 온기가 느껴졌다.

눈물과 빗물이 금세 뒤섞였다. 아한은 뚜벅뚜벅 공중전화박스를 떠났다.

마음속에 가장 깊이 새겼던 그때 그 사랑으로부터 아한은 그렇게 한 걸음 한 걸음 멀어져갔다.

10
재회

눈 깜짝할 새에 30년이 흘러갔구나.

아한은 계속 고민하고 있었다. 손에 있는 이 전화번호를 눌러야 하나, 말아야 하나.

완전히 낯선 번호였다.

이렇게 오랜 세월이 흘렀는데. 그가 아한을 기억이나 할까?

그토록 강렬했던 감정이건만, 30년이라는 세월을 이기지 못하고 어느새 희미해져 있었다. 지금 아한은 그저 버디가 잘 지내는지 알고 싶었다.

안에서 술 취한 동창들이 시끌벅적 떠드는 소리가 흘러나왔다. 문밖에 앉아 있던 아한은 마침내 번호를 눌렀다.

통화연결음이 거듭될수록 심장박동이 자꾸만 빨라졌다. 드디어 전화가 연결되었다. 수화기 너머에서 여자 목소리가 흘러나왔다.

"여보세요. 버디, 아니 왕바이더와 통화하고 싶은데요. 이 번호가 맞습니까?" 생각지도 못한 여자 목소리에 아한은 순간 당황했다.

버디의 아내가 받은 걸까?

아한은 버디가 결혼했다는 걸 알고 있었다.

"실례지만 누구시죠?" 여자가 물었다.

"고등학교 동창 장자한입니다."

전화 속 여자는 3초 정도 아무 말이 없다 입을 열었다. 자신이 반반이라고 했다.

*

반반은 버디 이야기는 꺼내지 않은 채 아한에게 한번 만나자고만 했다.

답답했지만 아한은 약속 장소에 나갔다.

초등학교 근처에 있는 공원이었다.

"왜 여기서 만나자고 했어?" 아한이 물었다.

"딸아이 학교 끝나면 데리고 가게요." 반반이 말했다.

"딸이 몇 살이야?" 아한이 물었다. 신문인가 잡지 어딘가에서 봤던 버디의 소식이 어렴풋이 생각났다. 그중 한 줄이 아한의 뇌리에 박혀 있었다.

결혼해서 딸이 하나 있다는.

"내년에 중학교 들어가요." 희미하게 웃는 눈가에 잔주름이 보일 뿐, 반반은 지금도 고등학교 때처럼 산뜻한 단발머리였다.

둘은 공원 벤치에 나란히 앉았다. 반반이 말했다. "선배는 하나도 변한 게 없네."

"늙었잖아!" 아한이 웃으며 말했다.

반반도 웃었다.

반반은 아한이 뭘 묻고 싶어하는지 잘 알았다. 아한이 입을 열기 전에 반반이 먼저 말을 꺼냈다. "우리 이혼한 지 한참 됐는데. 주소록에 왜 이 번호를 남겨놨나 모르겠네."

"그전에 헤어진 거 아니었어? 버디 말로는 웬 양아치한테 뺏겼다고 했는데." 아한이 말했다.

반반이 실소를 터뜨렸다. "양아치? 버디보다 더한 양아치가 어디 있다고? 자기가 먼저 헤어지자고 한 거였어요! 그런데 헤어지고 나서도 너무 보고 싶어서 내가 다시 연락했어요. 그렇게 계속 사귀다가 결혼까지 했고. 얼마나 로맨틱했나 몰라. 날마다 새로운 서프라이즈로 날 기쁘게 해줬어요."

아한은 가만히 듣고만 있었다.

"나중에야 알았어요. 버디한테는 그게 일종의 도피였어. 내가 진정 원하는 게 뭔지는 관심도 없고 그냥 자기 방식대로 내 비위를 맞춰준 거죠. 게다가 늘 그렇게 로맨틱하니까 영화 속 같고 전혀 현실을 사는 것 같지가 않았어요. 일상적인 것들, 먹고사는 문제 같은 얘기를 꺼낼 수가 없었다니까요, 속물 같아서!" 반반이 한숨을 푹 쉬었다. "버디는 날 사랑한 게 아니었어요. 날 사랑할 필요가 있었던 거지. 아니 여자를 사랑할 필요가 있었다고 해야 되나? 그때 마침 내가 거기 있었던 거고요."

아한은 할말이 없었다.

위로를 건네고 싶었지만 무슨 말을 해야 좋을지 알 수가 없었다.

반반이 아한을 물끄러미 바라보았다. 전남편이 그토록 오랜 시간 진심으로 깊이 사랑한 남자를.

몰랐던 게 아니었다. 다만 자신이 바꿔놓을 수 있을 줄 알았다. 아이까지 낳고 나서야 반반은 남자가 남자를 좋아하는 건 타고나는 것이지 바뀔 수 있는 게 아니라는 사실을 분명히 알았다.

이혼하고 나자 여기저기서 헤어진 이유를 물어왔지만 반반은 그냥 성격 차이라고만 대답했다.

"때로는 버디가 정말 미웠어요." 반반이 자조하듯 말했다. "진짜 남자를 좋아했으면 처음부터 나한테 솔직히 말을 했어야지? 난 그렇게 사랑했는데 버디는 그냥 날 이용한 거였다고요!" 오랫동안 쌓이고 쌓인 분노가 또다시 폭발하고 말았다. 예쁘장한 얼굴이 온통 새빨개지고 눈가에 눈물이 그렁그렁 고였다. 이 일만 생각하면 울화가 치밀었다. 이 남자 때문에 인생을 망쳤다는 생각에 몇 년간 불면에 시달리기까지 했다.

다행히도 일찍 철든 딸이 곁을 지켜주었다. 힘들긴 해도 모녀는 서로 굳게 의지하며 살아갔다. 좀 고생스러워도 반반에게 딸은 달콤한 구속이라 할 수 있었다. 딸아이 덕분에 반반은 이 세상에 남은 찬란한 색채를 볼 수 있었다.

반반이 힘겹게 살아온 이야기를 들으며 아한은 죄책감이 들었다.

그때의 자신도 공범이라 해야 하지 않을까?

하교 종소리가 들려왔다. 반반은 심호흡을 몇 번 하더니 금세 냉정을 되찾았다.

울분을 터뜨리던 소녀는 어느새 사랑하는 사람의 모든 허물을 포용할 줄 아는 온화하고 자애로운 엄마가 되어 있었다.

"그거 알아요?" 반반이 아한을 돌아보며 웃었다. "버디는 선배 얘기 하는 걸 정말 좋아했어요. 둘이서 애드벌룬 훔친 얘기, 포스터 훔친 얘기, 몰래 신부님 담배 피운 얘기 다 해줬어요. 그때 선배 친구들한테 왜 두들겨맞았는지도 말해줬는데."

아한은 멍한 기분이었다. 한 장면이 머릿속을 휙 스치고 지나갔다. 커다란 새처럼 양팔을 퍼덕이던 버디의 뒷모습이었다. 그때 버디는 왜 2층에서 뛰어내려야 했을까.

"다바 패거리한테 얻어맞은 일 말이야?"

반반이 고개를 끄덕였다. "선배 때문이었다던데."

"나 때문에? 왜?" 아한은 의아했다.

반반은 웃기만 했다.

말해주지 않을 생각이었다.

보잘것없지만 작은 복수인 셈 치기로 했다.

"우리 딸 데리러 가봐야 돼요." 벤치에서 일어난 반반은 뒤도 돌아보지 않고 그대로 자리를 떴다.

반반에게는 다 지난 일이었다. 연연할 필요 없었다.

혼자 남은 아한은 교문으로 총총히 걸어가는, 작지만 한결같이 당찬 뒷모습을 멍하니 바라보고 있었다.

*

아한은 올리버 신부가 있는 캐나다에 다녀오기로 했다.

돌아가셨다는 건 알지만 묘지라도 찾아뵙고 고맙다는 말을 전하고 싶었다.

가장 방황하던 시절, 도움받을 이 하나 없던 그때에 자신을 내버려두지 않아주어서 고맙다고.

아한은 은퇴한 올리버 신부가 캐나다로 돌아가 함께 지낸 알렉스라는 친구를 만났다. 올리버 신부와 비슷한 나이에 눈동자는 서양인에게서 보기 드문 암녹색이었다.

올리버 신부의 묘지에 이르니 묵직한 비석 앞에 트럼펫을 부는 신부의 사진이 놓여 있었다. 머리카락은 희끗희끗해져 있었지만 여유로움과 자유로움을 한껏 풍기는 멋진 분위기는 그대로였다.

아한은 타이완에서 가져온 펑리수와 궁탕* 등을 비석 앞에 펼

* 땅콩으로 만든 달콤한 과자로, 타이완 진먼의 특산품이다.

쳐놓았다.

그리고 올리버 신부의 사진을 오래도록 응시하다가 고개를 숙이고 기도를 올렸다.

영면한 신부에게 인사를 마친 아한은 알렉스를 따라 올리버 신부가 노년을 보냈던 집으로 갔다.

문을 들어서는 순간, 30년 전 베르테르고등학교의 그 악기실이 떠올랐다. 벽에 걸린 트럼펫과 악기들, 책꽂이를 가득 채운 레코드판, 한쪽에 놓인 나무 탁자에서 보글보글 끓는 사이펀 커피포트, 공기중에 떠다니는 커피 향과 은은한 장미 향. 유리창으로 쏟아져 들어온 햇빛이 검은 축음기에 내려앉아 있었다. 축음기에서 트럼펫 재즈 연주가 느릿느릿 흘러나왔다.

그때 악기실에서 봤던 것과 똑같아 보이는 축음기였다.

집안에는 올리버 신부가 살았던 흔적이 그대로 남아 있었다. 신부가 신던 실내화, 의자 등받이에 걸쳐놓은 외투, 탁자에 놓인 돋보기안경까지. 올리버 신부가 금방이라도 방에서 걸어나와 아한에게 앉으라고 권하며 커피 한잔을 따라주고 담배까지 말아줄 것만 같았다.

알렉스가 아한에게 커피를 권했다.

자리에 앉은 아한이 입을 떼기 전에 중국어를 못하는 알렉스가 영어로 이야기를 시작했다. "올리버가 트럼펫 부는 걸 좋아했죠. 그래서 그 사진을 고른 거예요."

"아주 멋지던데요." 아한도 영어로 대답했다.

아한이 영어를 썩 유창하게 하지는 않았지만 알렉스가 말을 천천히 하고 어려운 단어도 쓰지 않았기 때문에 간단한 소통은 가능했다.

"돌아가셔서 정말 안타깝습니다." 아한이 말했다.

"마지막 몇 년을 올리버와 함께했으니 나는 아쉬움이 없어요." 알렉스가 고개를 숙이고 눈시울을 붉혔다.

아한이 커피를 한 모금 마셨다. 익숙한 맛이었다.

알렉스가 말했다. "선물 고마워요. 올리버가 무척 좋아하던 간식이에요. 타이완에서 누가 올리버를 보러 온다고 하면 꼭 부탁했어요. 올리버가 지금도 먹고 싶어할 것 같아서."

알렉스가 한쪽에 있던 담배를 가져와 말기 시작했다.

귀에 익은 트럼펫 재즈 연주를 들으며 아한은 담배를 마는 알렉스의 옆모습을 유심히 살펴보았다. 알렉스의 일거수일투족, 심지어 취향까지 올리버 신부와 비슷해 보였다.

알렉스가 꼭꼭 말아놓은 담배를 보며 아한이 물었다. "장미 향이죠?"

알렉스가 웃으며 대답했다. "네, 올리버가 좋아하던 겁니다. 올리버가 떠나고 나서 나도 피우기 시작했어요."

그 사람의 냄새가 사라지지 않기를, 이곳에 계속 남아 있기를 바랐기에.

이렇게 하면 그 사람이 떠나지 않은 것 같았다. 그저 어느 조용한 방안에 가만히 잠들어 있다가 아무 때고 깨어날 것만 같았다.

담배에 불을 붙인 알렉스가 눈을 감고 한 모금 깊숙이 빨아들였다.

아한은 축음기 앞으로 가서 레코드판의 케이스를 집어들고 자세히 들여다보았다.

등뒤에서 알렉스가 말했다. "올리버가 은퇴한 뒤로 베르테르 고등학교 학생들이 종종 찾아왔어요. 그러면 올리버는 며칠 동안 들떠 있었죠. 나도 늘 같이 앉아 그 시절에 벌어진 온갖 사건 얘기들을 들었어요. 얼마나 재밌었나 몰라요. 어느 학생 말로는 여학생을 처음 받은 해에 전교 남학생이 제정신이 아니었다던데."

아한은 레코드 케이스를 가만히 내려놓고 주위를 죽 훑어보았다. 올리버 신부와 알렉스가 미소 띤 얼굴로 서로 기대고 있는 사진이 벽에 걸려 있고, 열린 욕실 문틈으로 칫솔 한 쌍이 보였다. 많은 것을 묻지 않아도 알 수 있었다. 두 사람은 연인이었다.

그랬구나.

30년 전에 올리버 신부와 나눴던 이야기들이 머릿속에 조각조각 떠올랐다.

순간 아한은 모든 것을 분명히 깨달았다.

"신부님은 왜 성직을 떠나셨어요?" 아한이 물었다.

잠시 침묵하다 알렉스가 대답했다. "올리버는 늘 자기가 천국에 못 갈 거라고 했죠. 죄인이라고."

"그렇게 좋은 분인데, 틀림없이 천국에 계실 거예요." 아한이 말했다.

알렉스가 눈을 내리깔고 나직이 말했다. "나만 아니었으면 당연히 천국에 있을 텐데……"

아한은 알렉스가 자책하게 하고 싶지 않았다. 얼른 화제를 돌려 올리버 신부가 여기서 어떻게 지냈는지 물었다.

올리버 신부의 생활은 단순하고 규칙적이었다. 아침에 일어나면 성경을 읽고, 점심은 간단히 과일로 때우고, 오후에는 낚시를 하고 장을 봐다가 손수 저녁을 만들었다.

알렉스가 오기 전이면 커피를 한주전자 끓여서 마시며 책을 읽었다. 그리고 퇴근해 돌아온 알렉스와 함께 저녁을 먹었다.

때때로 마을에 있는 작은 술집에 가서 한잔하고 춤을 추기도 했다.

"저도 들었어요. 댄스파티에서 만나셨다면서요?" 아한이 기억을 더듬어가며 물었다.

물론 올리버 신부는 그 사람이 알렉스라고 한 적은 없었다.

아련한 추억에 젖어 있던 알렉스의 암녹색 눈동자가 빛나기 시작했다. 이어 얼굴에 웃음이 번지며 더없이 온화한 표정이 되었다. 첫사랑의 달콤했던 기억 때문에.

"네, 댄스파티에서 알게 됐죠." 알렉스가 가만히 말했다. 알렉스의 기억은 아주 오래전, 첫 만남의 장면으로 훌쩍 날아가 있었다.

두 사람의 눈빛이 마주쳤던 순간, 그들을 둘러싼 공기마저 달콤해진 느낌이었다.

알렉스의 미소 띤 얼굴을 지켜보는 아한의 가슴속에도 한 가닥 온기가 흘러들었다.

세상은 한때 두 사람에게 너무나도 잔혹했다. 그들은 어쩔 수 없이 속마음을 꽁꽁 감춘 채 원치 않는 삶을 살아가야 했다. 하지만 인생의 끝자락에 세상은 마침내 한줄기 온정을 내비쳤고,

그제야 그들 각자는 진실한 자신을 직면할 수 있었다.

프로피테 뒤 모망.

순간 아한의 머릿속에 떠오른 말이었다.

"프로피테 뒤 모망!" 아한이 저도 모르게 말했다.

잠시 멍해 있던 알렉스가 뭉클한 표정으로 말했다. "올리버가 입버릇처럼 하던 말인데! 그래요, 올리버는 마지막 몇 년을 정말 그렇게 살다 갔을 겁니다."

아한이 알렉스를 바라보며 말했다. "알렉스와 함께했기에 신부님은 분명 행복하셨을 거예요."

알렉스의 눈시울이 또다시 붉어졌다. 조금 뒤 알렉스가 목멘 소리로 말했다. "나도 정말 행복했어요."

*

그날 저녁, 아한은 마을에서 단 하나뿐인 술집에 가보았다.

자리를 잡고 앉아 주문한 술이 나오기를 기다리면서 주위를 둘러보는데, 구석 자리에 앉은 한 남자의 뒷모습이 왠지 눈에 익었다.

아한은 그대로 얼어붙었다. 두 눈을 도저히 믿을 수가 없었다.

가슴이 세차게 뛰기 시작했다. 30년 전 청춘의 기억이 마구 솟구쳐 마음을 진정할 수가 없었다.

이게 말이 돼?

세상에 이런 일이 일어날 수 있나?

침착하자. 아한은 자리를 옮겨 그 사람을 남몰래 지켜보았다. 담배를 피우며 노트북을 뚫어져라 들여다보는 걸 보니 한창 바삐 일하는 듯했다.

옆자리가 비어 있었다. 아한이 자리에서 일어나 그쪽으로 걸어갔다. 하지만 몇 발짝 가다 말고 멈칫거리다가 결국 제자리로 돌아오고 말았다.

아한은 저녁 내내 몇 자리 떨어진 곳에 우두커니 앉아 그 사람을 조용히 지켜보았다.

가만히 앉아 있었지만 뛰는 가슴은 어쩔 수가 없었다.

그 사람은 이따금씩 고개를 들고 통유리창 너머를 아련한 눈으로 바라보았다.

밤이 깊어 문 닫을 시간이 되었다. 그 사람이 노트북을 닫고 일어나 술집을 나갈 때까지 아한은 자리에서 움직이지 않았다.

버티일 리가 없잖아?

아한은 이렇게 자신을 타일렀다.

행여 버디라 해도, 우리 두 사람이 서로 알아본다고 해도, 도대체 무슨 말을 하겠어?

어느새 나이가 들어 있었다. 아한은 생각했다. 젊은 날의 용기는 이미 사라지고 없었다.

*

다음날 아한은 나이아가라폭포 단체관광에 참가했다.

그동안 무척이나 보고 싶던 폭포였다.

거대한 폭포 앞에 서자 세찬 물보라가 쉬지 않고 얼굴을 때렸다. 아한은 잔뜩 신이 난 관광객들 틈에 조용히 서서 물보라에 몸을 맡겼다.

좀더 높은 곳으로 천천히 걸어가 아래를 굽어보니 유람선 한 척이 폭포 중심부를 향해 유유히 다가오고 있었다. 단체관광객을 태운 배였다. 서양인이 대부분인 관광객들 가운데 눈길을 끄는 얼굴이 하나 있었다.

배가 너무 멀리 있어서 윤곽이 뚜렷이 보이지는 않았지만 분명 동양인의 얼굴이었다.

얼마 뒤, 유람선 위에서 가이드가 확성기를 입에 대고 소리쳤다. "여러분, 저쪽에 계신 친구분들께 손 흔들어 인사합시다!"

유람선의 관광객들이 이쪽을 향해 손을 흔들자 이쪽에서도 열렬히 화답했다.

아한은 가만히 서서 그 사람의 얼굴을 보고만 있었다.

그 사람도 아한을 바라보고 있었다.

하지만 거리가 너무 멀었다. 아한은 그 사람이 진짜 자신을 보고 있는 건지 확신할 수가 없었다.

배가 시야에서 천천히 사라질 때까지 아한은 그 사람에게서 눈을 떼지 못했다.

정말 버디라면? 신의 뜻이라 해야 할까?

*

아한은 어젯밤에 갔던 술집으로 서둘러 걸음을 옮겼다. 아직 초저녁이라 문이 닫혀 있었다. 아한은 주위를 두리번거리며 문 앞에서 기다렸다.

정말로 우연히 만나게 된다면, 어떻게 지내는지 서로 이야기를 나눠도 좋을 것이다.

그때는 아한도 두려웠다. 그렇지만 이 나이가 되어 뭐가 그리

겁날까?

프로피테 뒤 모망!

30년을 기다려 얻은 이 기회가 또 올 수 있을까?

해가 저물고 밤빛이 무르익자 술집 간판에 불이 들어왔다. 아한이 첫 손님이었다.

아한은 어제 그 자리에 앉아서 기다렸다.

손님이 하나둘씩 들어왔다. 나른한 음악이 흘러나오자 몇몇이 일어나 춤을 추기 시작했다.

음악이 끝나고 사람들이 제자리로 돌아갔다. 아한이 기다리는 그 사람은 나타나지 않았다.

문을 닫을 때가 되어서야 아한은 자리에서 일어났다.

잘못 본 거야. 아한은 이렇게 스스로를 위로했다.

그럼 그렇지, 그런 우연이 어떻게 가능하겠어?

그래도 아쉬움이 남는 건 어쩔 수 없었다.

술집을 나선 아한이 싸늘한 밤거리를 천천히 걸어갈 때 등뒤에서 다급한 발소리가 들렸다. 신경쓰지 않고 가는데 누군가 어깨를 툭툭 쳤다.

아한이 고개를 홱 돌렸다. 등뒤에서 한 남자가 활짝 웃고 있었다.

그 치명적인 웃음은 조금도 변함이 없었다. 정신을 차린 아한도 어색한 웃음을 지었다.

"진짜 너였어!" 아한이 말했다.

"진짜 너였구나!" 버디가 말했다.

얼마나 오랜만의 만남인가. 너무나 놀라고 너무나 기뻤지만 어딘지 서먹해서 우물쭈물하다가, 아한은 악수하려 손을 내밀고 버디는 얼싸안으려 두 팔을 뻗었다. 동시에 움직였다 동시에 움찔한 두 사람이 어색하게 웃었다.

"왜 문 닫은 다음에 왔어?" 아한이 물었다.

"내가 거기 올지 어떻게 알았어?" 버디가 물었다.

"운을 시험해봤지. 사실 어젯밤에 널 봤거든."

"왜 아는 척 안 했어?"

"믿기지 않아서. 이런 데서 만나다니 말이 안 되잖아. 눈이 어떻게 된 줄 알았지." 아한이 씁쓸하게 웃었다.

"그런 줄 알았으면 진작 여기 와서 기다릴걸." 버디가 말했다. "하루종일 널 찾아다녔잖아!"

"뭐?" 아한은 무슨 소리인가 싶었다.

"나이아가라폭포에서 널 봤지 뭐야! 나 이제야 알았다. 나이아가라폭포가 니카라과에 있는 게 아니더라?" 버디가 말했다.

"그래, 여기까지 와서 미친듯이 사랑은 나눴냐?" 아한이 웃으며 물었다.

그때는 그토록 마음이 아팠건만, 이제 다 웃으며 할 수 있는 얘기가 되었다.

"상대가 없는데 혼자 어떻게 미쳐?" 버디가 어깨를 으쓱했다.

상대가 없다고?

설마 지금까지 쭉 상대가 없었을까?

아한은 반반을 떠올렸다.

"너도 신부님 뵈러 왔어?" 아한이 물었다.

버디가 고개를 끄덕였다. "난 틈날 때마다 뵈러 왔었어. 신부님께 엄청 감사하고 있거든. 그때도 혼자 자주 찾아갔는데."

아한이 놀란 얼굴로 말했다. "난 전혀 몰랐어!"

"내가 너한테 말하지 말아달라고 부탁했지. 정말 비밀을 지켜주셨어." 버디가 웃으며 말했다. "그때 맨날 네 얘기만 했거든!"

아한의 머릿속에 올리버 신부와 나눴던 모든 이야기가 떠올랐다. 특히 악기실에서 올리버 신부가 몇 번이나 평정을 잃을 뻔했던 그날의 기억이 선명하게 떠올랐다. 그때 올리버 신부도 자기 자신과 조우했던 걸까? 자신에게도 깊이 사랑하는 사람이 있다는 사실, 스스로를 벌하려 사랑으로부터 또 고향으로부터 멀리 떠나왔다는 사실, 시련과 고통을 혼자서 견뎌내고 있다는 사실과 마주하지 않았을까.

그러나 인생의 끝자락에 올리버 신부는 그의 하느님과 화해하고 행복을 얻었으리라.

30년을 못 봤지만 고등학생 때 두 사람이 얼마나 친밀했던가. 처음의 어색함이 지나가자 둘은 자연스럽게 이야기꽃을 피웠다. 할말이 정말 넘치고 넘쳤다.

반반 얘기가 나오자 버디가 속마음을 솔직하게 털어놓았다. 반반에게 미안하다고, 그래서 이혼한 뒤로 다른 사람을 만나지 않고 쭉 싱글이라고.

아한이 자기도 미안한 짓을 했다고 말했다. 그때 애드벌룬 고백 때 너무 화가 났다고, 그래서 바로 달려가 반반과 버디가 몰래 사귄다고 말했다고. 그 결과 둘 다 벌점을 받은 거라고.

버디는 짐작하고 있었다고 했다.

"다 내가 자초한 거지 뭐. 그때 내가 일부러 너한테 그렇게 상처를 줬잖냐. 그럼 네가 포기할 줄 알았어." 버디가 심호흡을 한 번 하고 말을 이었다. "미안하다."

아한이 고개를 절레절레 흔들었다. "그렇게 쉽게 포기가 됐겠냐."

버디가 길게 한숨을 쉬고 말했다. "그때 널 정말 많이 사랑했는데. 알고 있어?"

아한이 우뚝 걸음을 멈췄다.

그래, 아한도 그런 줄 알았다. 하지만 나중에 벌어진 여러 가지 사건 때문에 확신하지 못했다.

버디가 말했다. "솔직히 굉장히 겁이 났어. 우리가 함께하는 날이 하루하루 길어질수록 끝이 더 참담해질 걸 알았거든. 그래서 반반한테 부탁한 거야, 너한테 여자친구 좀 소개해주라고. 널 교정하려고 말이야."

아한이 씁쓸하게 웃었다. "내가 척추가 휘었냐, 이가 비뚤게 났냐? 교정하긴 뭘 교정해?"

아한은 이 말이 하고 싶었다. 반반이 나한테 사귀자고 한 거 알고 있냐?

그런데 입을 열기 전에 버디가 선수를 쳤다. "반반이 너 꼬시려고 했다면서. 나중에 나한테 다 말해줬어." 아한이 뭐라 반응하기도 전에 버디는 혼자 폭소를 터뜨렸다. "그 말 듣고 진짜 웃겨 죽을 뻔했다니까. 하나도 화가 안 나는 거야. 감동까지 했지 뭐냐." 버디가 다정한 눈으로 아한을 바라보았다. "내가 그렇게 못되게 굴었는데도 너는 내 생각만 하고 내가 상처받을까 걱정

했잖아."

아한은 일부러 아무렇지 않은 척 말했다. "내 스타일 아니었다고. 자뻑도 정도껏 해라!"

버디는 조금도 움츠러들지 않고 기분좋게 웃었다.

이 나이가 되고 보니 사실 많은 일들이 숨길 필요가 없었던 것이었다. 마음을 솔직히 털어놓을 수 있으니 얼마나 좋은지.

버디가 담배를 꺼내 불을 붙였다.

여전히 고등학교 때 피우던 그 담배였다.

버디가 아한에게도 담배 한 개비를 건넸다. 아한이 받아서 입에 물자 버디가 다가서서 자기 담뱃불로 불을 붙여주었다.

"넌 나중에 누구 만났어?" 버디가 물었다.

"당연하지. 근데 너만큼 우람한 놈은 없더라고." 아한이 농담처럼 말했다.

"그 부분에서는 날 따를 사람이 없지!" 버디가 잔뜩 우쭐대며 말했다.

둘은 계속 길을 걸었다. 버디는 자기가 만든 영화 얘기를 하기 시작했다. 다 저예산 독립영화라서 큰돈은 못 벌지만 굶어죽을 정도는 아니고, 괜찮은 상도 몇 번 받았다고.

아한은 빙그레 웃으며 듣기만 했다. 영화감독 된 거 벌써 다

안다는 말은 꺼내지도 않았다.

이따금 이런저런 매체에서 버디 소식을 접할 때마다 아한은 마음이 출렁거렸다.

자신은 대학을 졸업하고 바로 회계사 사무소에서 인턴 생활을 시작했고, 하루종일 숫자에 파묻혀 지내느라 지금까지 꿈 따위는 잊고 지냈다.

그런데 버디는 이토록 자유롭게 그때 그 시절의 꿈을 따라가고 있다니.

아한은 버디가 부러웠다. "너 진짜 감독이 돼서 영화를 찍는구나."

"주제곡 써준다며! 계속 기다리고 있잖아." 버디가 말했다.

아한은 멋쩍은 기분이 들었다.

"네가 불러줬던 노래 기억나. 정말 좋았는데." 버디의 웃는 얼굴에 온기가 감돌았다. "이렇게 세월이 한참 지났는데도 가끔 그 노랫소리를 떠올리게 되더라고."

아한이 버디를 물끄러미 바라보았다. 젊은 날의 몽상은 결국 그런 노래 한 곡에 지나지 않았지. 하지만 이 녀석은 쭉 기억하고 있었구나.

아한은 얼마 전에 드디어 관악부 동창회에 나갔다는 얘기를 해주었다. 다바 무리는 여전히 그 모양이었다. 배 나온 중년이 되어서도 그때와 똑같이 여자 생각뿐이었다. 그놈들에게 동창회는 핑계였고 후반부에는 밤업소에 가서 신나게 놀 작정이었다. 아한에게도 같이 가자고 하면서 뻔뻔스러운 구실을 내세웠다. 식구들 먹여 살리는 부담을 잠깐 내려놓을 수 있는 좋은 기회 아니냐고.

다바 패거리 얘기가 나오자 버디가 물었다. "기억나냐? 그때 그 자식들이 나 두들겨팬 거."

"당연히 기억나지. 마지막에 너, 진짜 새라도 되는 것처럼 2층에서 뛰어내렸잖아!" 아한이 말했다.

"맞아, 바로 그때! 다 너 때문이었어."

아한은 또다시 궁금해졌다. "뭐가 나 때문이야?"

"그날 그 자식들이 날 가로막더니 화장실로 끌고 가는 거야. 내가 널 어떻게 꼬셔서 게이로 만든 건지 봐야겠다나. 그리고 너랑 어떤 식으로 하냐, 누가 탑이고 바텀이냐 그딴 얘길 하는데…… 하여튼 얼마나 너저분한 소릴 지껄여대는지!" 그때 그놈들의 편협하고 악질적인 괴롭힘을 떠올리며 버디는 또다시 격분했다. "그걸 보니까 네가 남자를 좋아한다는 걸 알게 하면 절대 안 되겠다는 생각이 들더라. 그래서 계속 아니라고 하면서 사실

난 다바가 더 맘에 든다고 했지! 그러다 그렇게 맞은 거야!" 버디가 웃다가 또 말했다. "그때부터 일부러 널 멀리했어. 네가 그 후배처럼 전교에서 따돌림당하고 괴롭힘당하게 할 순 없었으니까. 네가 타이베이에 가고 나서는 더더욱 내가 너한테 어울리지 않는 것 같아서 연락할 수가 없었고……" 버디가 담배 한 모금을 깊이 빨아들였다. 이토록 오랜 시간이 흘렀는데도 그때 포기했던 걸 떠올리면 여전히 아쉽고 안타깝고 아릿했다.

그때 버디가 좀더 용감했더라면, 그랬다면 타이베이로 아한을 찾아갔을까?

그랬다면 모든 게 달라졌을까?

그랬다면 버디는 이토록 오랫동안 스스로를 속이지 않았을 것이다. 반반이 시간 낭비할 일도 없었을 것이다.

둘은 계속 걸으며 이야기를 나누었다. 이 세상이 얼마나 변했는지 모른다고, 이제 동성애자가 결혼까지 할 수 있는 세상이 되었다고. 하지만 이렇게 되었다고 정말 예전보다 더 좋아진 걸까?

버디는 대답 대신 아한을 바라보며 노래를 부르기 시작했다.
"이 세상에는 희망도 있고 실망도 있지, 내 생각은 그래……"

아한은 버디를 지켜보며 한동안 입을 떼지 못했다.

버디는 언제나 믿었구나. 이 세상에 희망이 있다고. 세상이 우리에게 그토록 많은 실망을 안겨주었는데도 말이다.

얼마나 걸었을까, 두 사람은 일부러 천천히, 아주 천천히 걷고 있었다. 어느덧 멀리서 먼동이 밝아오고 있었다.

"숙소가 어디야?" 아한이 물었다.

"그랜드호텔. 넌?" 버디가 말했다.

아한은 뒤를 돌아보며 이미 간판이 보이지 않게 된 여관을 가리켰다. "저기야."

"지나쳤는데 왜 말 안 해?" 버디가 말했다.

아한은 그저 씩 웃을 뿐이었다.

"그럼 가서 쉬어!" 버디가 작별을 고했다.

아한이 머뭇거리다가 물었다. "올라가서 한잔할래?"

버디는 고개를 저으며 다음에 하자고 말했다.

아한은 그러자고 했다.

그리고 돌아서서 숙소로 향했다. 등뒤에서 버디의 나직한 목소리가 들려왔다. "잘 자."

아한이 우뚝 멈춰 섰다. 오래전에 한 여자애가 알려준 말이 떠올랐다.

그 여자애 이름조차 잊어버렸지만.

뒤를 돌아보며 아한도 말했다. "잘 자."

"잘 자!" 버디가 더 크게 말했다.

"잘 자!" 마침내 아한도 버디의 두 눈을 똑바로 보며 이렇게 말했다.

잘 자.

아한의 가슴이 뜨거워졌다. 솟구치는 감정을 억누르기 힘들었다.

이미 오래전에 사라져버린 줄 알았던 젊은 날의 격동이 그대로 남아 있다니.

내 심장이 여전히 힘차게 펄떡이다니.

버디는 모든 걸 기억하고 있었어.

아한이 버디에게 다가갔다. 그리고 버디의 손을 어설프게 잡아끌며 말했다. "같이 좀더 걷자."

버디는 대답하지 않았지만 속으로 웃고 있었다.

보아하니 아한이 거짓말을 하지는 않은 듯했다. 손잡는 것도 이리 서툴다니, 이토록 오랫동안 정말로 아무도 사귀지 않은 모양이었다.

지난 일들이 어제 일처럼 하나하나 눈앞을 스쳐갔다. 아한은 눈시울이 젖어드는 것을 느꼈다.

세상이 너무 잔인하다고 생각했었다. 세상에 실망했었다. 그런데 지금 아한은 이 세상에 고맙다고 말하고 싶었다. 버디를 다시 만나게 해주어서.

고등학교 때 기숙사 옥상에서 무심코 했던 그 약속이 떠올랐다.

나중에 외국 가서 공부하고 싶은 생각 없냐?

당연히 나가고 싶지. 그치만 가서 꼭 공부해야 되는 건 아니겠지?

그럼!

아한이 돌아서서 말없이 걷기 시작했다. 버디가 따라붙었다. 나란히 걸어가는 두 그림자가 이국땅의 새벽 거리 저편으로 천천히 사라졌다.

옮긴이의 말

『네 마음에 새겨진 이름』. 이 소설을 처음 만나는 순간, 제목에서도 소재에서도 동명의 영화가 있다는 점에서도 퀴어소설의 대표작인 『콜 미 바이 유어 네임』이 떠올랐다. 그러나 두 작품의 분위기는 사뭇 다르다. 『네 마음에 새겨진 이름』의 배경은 1987년 타이완의 가톨릭계 남자고등학교다. 38년간의 계엄이 해제되었지만 보수적이고 억압적인 사회 분위기는 쉽게 달라지지 않는다. 입시를 위해 달릴 뿐인 학교에서 이성 교제는 엄격히 금지되며, 동성애자는 노골적인 혐오와 괴롭힘에 시달린다. 특별한 호감을 느끼며 둘도 없는 친구가 된 아한과 버디는 점점 깊어지는 마음을 알면서도 얼핏얼핏 내비칠 뿐 툭 터놓을 수가 없다. 『네 마음에 새겨진 이름』에는 집이건 학교건 사회건, 개방적이고 지적이고 세련되고 자유로운 것은 아무것도 없다. '지금 이 순간을 살라'며 아이들의 숨통을 터주는 서양인 신부조차 '너를 아끼는 사람들'을 생각하라며 나무라는 지경이니.

새장에 갇힌 새나 다름없는 고3 아이들의 사랑은 너무나 서툴고 투박하다. 진심을 드러내고 직진하려는 자한과 억누르고 물러나려는 버디. 서로 다른 방식으로 각자 나름대로 최선을 다해 사랑하지만, 둘 다 상처만 가득할 뿐 사랑으로 인해 단단해지고 성숙해지지도 않는다. '성 정체성을 격하게 고민하고, 부모와 학교와 갈등을 겪으며, 편견과 억압 속에서 몸부림치지만 벗어나지 못하는', 요즘의 퀴어 서사에서 촌스럽다고 여길 법한 이야기랄까. 그러나, 그래서, 지극히 현실적이고 공감이 가며 더 뭉클하다. 사실 우리, 그렇게 쿨하고 자유롭지 않지 않은가. 내가 받는 시선도 누군가에게 보내는 시선도, 30년 전이나 지금이나.

원작 영화의 감독 류광휘와 제작·각본을 맡은 구우녕은 고교 동창이다. 고교생 류광휘는 한 친구를 좋아했고 평생 함께하고 싶었지만 그 시절 그 분위기에서는 동성애자인 자신을 직면할 수 없었다고. 훗날 "너의 이야기를 너의 관점으로 풀어내보라"는 구우녕의 권유에 류광휘는 학창시절 경험을 바탕으로 이 영화를 구상했고, 영화를 찍으며 어머니에게도 커밍아웃을 할 수 있었다고 한다. 그래서인지 이 작품에서는 다양성을 다루면서 반드시 담아내야 할 진심과 현실감이 충분히 느껴진다.

원작 영화는 흥행성과 작품성을 두루 갖춘 수작임에도 시간 제약으로 담아내지 못한 내용이 상당한 듯했다. 소설을 찬찬히 읽기 전에 영화를 먼저 보았는데, 빠른 장면 전환 속에 언뜻언뜻 드러나는 감정선을 놓칠 때가 간혹 있었다. 시나리오를 바탕으로 재구성한 소설은 영화에서 생략된 부분을 충실히 담아내며 이런 부분을 촘촘히 메워준다. 소설을 읽으면서 나는 오랫동안 메말랐던 눈물샘이 폭발하고 말았고, 이 작품의 검토서를 쓰는 내내 눈이 퉁퉁 부어 있었다. 지금도 떠올리기만 해도 눈시울이 젖어드는 장면이 한둘이 아니다. 또 소설을 읽고 나서 영화를 다시 보니 미처 알아차리지 못했던 여러 부분이 눈에 들어오며 한층 깊은 여운이 남았다.

신기한 것은, 두 친구가 서로에게 느끼는 감정이 전혀 낯설지 않게 다가왔다는 점이다. 류광휘는 "모두가 공감할 수 있는 인물의 진실한 감정에 초점을 맞추었다"고, 구우녕은 "온갖 구별을 넘어 그저 사랑 자체를 이야기하게 되길 바란다"고 인터뷰에서 말한 바 있는데, 그 의도가 제대로 구현된 듯하다.

버디가 아한에게 “너 싼마오 책 봤냐?” 하고 불쑥 묻는 장면에서는 심장이 쿵 했다. 싼마오는 타이완의 틀에 박힌 교육에 억눌리다 못해 그대로 뛰쳐나온 사람으로, 그녀의 대표작 『사하라 이야기』는 나에게 커다란 의미가 있는 첫 번역작이기 때문이다. 그때는 그저 미지의 사막에서 자유로이 살아가는 싼마오를 동경했다면, 『네 마음에 새겨진 이름』은 타이완의 속사정을 들여다보는 계기가 되었다. 이 소설을 번역하는 동안 타이완의 어제와 오늘을 다룬 여러 작품을 섭렵하며 타이완의 역사와 사회상을 찬찬히 살펴보았고, 그러면서 타이완에 품고 있던 막연한 호감이 한층 깊은 관심으로 발전했다.

교관이 상주하고 군가 대회를 여는 학교에 갇힌 아이들, 바깥세상의 변화나 가슴 아픈 역사나 부모 세대의 애환은 아랑곳없이 두발 자유화에서만 세상이 뭔가 달라졌음을 체감하는 아이들에게서 (겉보기에는 그보다 살짝 나아진 상황이었지만) 학창시절 내 모습이 겹쳐 보이기도 했다. 뜻밖에도 전혀 자유롭고 진보적이지 않았던 타이완의 어두운 과거(본문 64쪽에서 웨딩드레스를 입고 1인 시위를 하는 인물은 1986년 국제 기자회견을 열어 타이완에서 최초로 커밍아웃을 하고 꾸준히 시위에 나섰던 성소수자 인권운동가 치자웨이를 암시하며, 타이완은 2019년 동성

결혼을 법제화했다), 지금은 철거되어 사라진 중화상창(종로 세운상가 비슷한 타이베이의 옛 랜드마크), 가수 차이란친(스물두 살에 첫 음반을 내고 요절한, 유재하를 떠올리게 하는 싱어송라이터) 등 묘하게 우리와 비슷한 그 시절 타이완을 만나는 재미도 쏠쏠한 작품이다.

끝으로 좋은 작품들과 잇따라 맺어준 문학동네 편집부에 깊은 감사를 전한다. 크고 작은 실수를 꼼꼼히 짚어주고 따뜻하게 격려해준 덕분에 언제나 든든했다.

조은

지은이 Di Fer

다양한 장르의 글쓰기에 도전하길 즐기는 작가로, 드라마 〈상견니〉 〈황언유희〉 〈실거니적나일천〉 〈천금여적〉 〈연애사진폭〉, 영화 〈회도애개시적지방〉 등 많은 영상물을 소설로 각색했다.

옮긴이 조은

한양대학교 중어중문학과와 한국방송통신대학교 청소년교육학과를 졸업하고 프리랜서 편집자 겸 번역자로 일하고 있다. 『사랑받고 있어!』 『할머니의 장난감 달달달』 『사하라 이야기』 『허수아비 일기』 『흐느끼는 낙타』 『미래의 서점』을 우리말로 옮겼다.

문학동네 세계문학

네 마음에 새겨진 이름

초판 인쇄 2021년 10월 29일 | 초판 발행 2021년 11월 10일

지은이 Di Fer | 옮긴이 조은
기획·책임편집 박인숙 | 편집 백도라지 이현정
디자인 고은이 최미영 | 저작권 김지영 이영은 김하림
마케팅 정민호 정진아 김혜연 정유선
홍보 김희숙 함유지 김현지 이소정 이미희
제작 강신은 김동욱 임현식 | 제작처 천광인쇄사(인쇄) 경일제책사(제본)

펴낸곳 (주)문학동네 | 펴낸이 염현숙
출판등록 1993년 10월 22일 제406-2003-000045호
주소 10881 경기도 파주시 회동길 210
전자우편 editor@munhak.com | 대표전화 031) 955-8888 | 팩스 031) 955-8855
문의전화 031) 955-8896(마케팅) 031) 955-2699(편집)
문학동네카페 http://cafe.naver.com/mhdn | 트위터 @munhakdongne
북클럽문학동네 http://bookclubmunhak.com

ISBN 978-89-546-8314-2 03820

잘못된 책은 구입하신 서점에서 교환해드립니다.
기타 교환 문의 031) 955-2661, 3580

www.munhak.com